伊勢物語　その遊戯性

―増訂版―

荻原　晃之

目次

一　伊勢物語の物名歌について

（1）

この小論では、伊勢物語の物名歌を解明し、この歌物語の特質を明らかにしていきたい。又、同じ歌物語の大和物語、平中物語もあわせ考察してみたい。

物名歌は、古今集巻第十「物名」の部があり、四十七首が採られている。「物名」とは「もののな」「ブツメイ・ブツミョウ」と読み、歌の中に、動物や植物名、地名などを隠して詠む技法である。

この物名歌は、万葉集にも見られるが、古今集では、より自然に、より巧みになってきており、平安時代初期に一種の言語遊戯として、盛んに行われるようになった。

古今集の一例を挙げる。

　　うぐひす　　　藤原敏行朝臣

　　心から花のしづくにそほぢつつ

　　憂くひずとのみ鳥のなくらむ

（訳）

うぐいすは、好きで花のしずくに濡れていながら「いやだ、乾かない」と鳴いているようだ。

この歌の四句に「うぐひす」が隠されている。なお、古今集は物名歌のうちに、折句歌二首

5

この小論では、初めに物名と折句とを区別していないが、しだいに折句が分離して扱われるようになった。を含め、次に折句と分けて論じることとしたい。

（2）

伊勢物語の物名歌は8首ある。

1　三段　　　ひしきも（四句、ひじき藻）
2　五段　　　ひとしれぬ（一句、濡れし訪ひ）
3　二十段　　なかるらし（五句、知らるかな）
4　五十二段　わびしき（五句、雉）
5　九十八段　ときしも（四句、雉）
6　百三段　　なりまさる哉（五句、なかるさま）
7　百十五段　をきのゐて（一句、おきの井堤）
8　百十九段　ものを（五句、裳の緒）

（物語本文は、『伊勢物語全評釈』竹岡正夫氏著による。但し、筆者の判断でひらがなや漢字に改めた箇所がある。）

以上、8首のうち、掛詞によるもの、1、5、7、8と4首、逆に読ませるものが4首となる。又、1、4、5、7は、前後の文（地の文）によって、隠題を見い出すのは容易である。古今集などども詞書によって、すぐ判断できる。それでは、物語化した時は、いかに巧妙に隠したとこ

ろで妙味がない。私は伊勢物語の作者は、分かるか、分からないかの微妙な所で、聞き手、読者に問いかけていると思うのである。

では、残る歌を順に検討していく。

2　五段について

男が五条に住んでいた女の所へ、忍んで通っていた。門から入るのではなく、内緒の仲なので、童が踏みあけた築地のくずれた所から通うのであった。ところが、たび重なるうちに、その家の主人に知られ、夜ごとに番人を置き守らせたので、男は女に逢えなくなってしまった。そこで、この歌を詠む。

　　人知れぬ我が通ひ路の関守は
　　よひよひごとにうちも寝ななむ

（訳）

人の知らない私の通う道の番人は、毎晩、毎晩ぐっすり寝込んでくれよ。

この歌は、古今集にも業平作として、同様な長い詞書がある。先の訳で「人の知らない」としたが、どうも落ち着かない。主人が知ったから番人を置いたのであり、「人に知られぬ」の略した形との説もある（『伊勢物語新釈』）。もし、人に知られてしまったのを意にするならば「人知れる」とすればいいのであって、この「人知れぬ」と前文（地の文）には、齟齬があると見るべきなのである。勿論、作者は承知している。ここは、築地のくずれから侵入するので

は、大変な難行（？）、夜露にも濡れたことであろうとの、作者のユーモアであると解したい。とすれば、「人知らぬ、人知れる、人に知られぬ」ではなく、「ひとしれぬ」でなければならなかったのである。この五段は、歌の調子も軽く、後文の「あるじゆるしてけり。」も歌にうまく呼応していると思われる。

3　二十段について

男が、大和の女の家からの帰り道、次の歌を詠んで、女に届けた。

君がため手折れる枝は春ながら
　　　かくこそ秋の紅葉しにけれ

（訳）

あなたのために、手折った楓の枝は、春だというのに、このように秋の紅葉になっています。（私の熱き心そのものです。）

これに対し、女の返歌は、男が京に着いてから届いた。女の歌、

いつの間にうつろふ色のつきぬらん
　　　君が里には春なかるらし

（訳）

いつの間に葉の色が変わったのでしょう。あなたの里には春はないのですね。（もう私に飽きがきたのですね）

8

この女の歌、五句に「なかるらし」があり逆から読めば「知らる哉」となり、男の歌に対する反撃となっている。「あなたの心には春はなく、あきだけだと分かりました」の意で、返歌が遅れたのは、「君が里」を響かせるばかりでなく、熟慮の結果なのであろう。

6　百三段について

大層まじめな男が、深草の帝に仕えていた。ところが、どうまちがったのか親王たちが召し使っていた女と契ってしまい、さて、男の歌、

寝ぬる夜の夢をはかなみまどろめば

いやはかなにもなりまさるかな

（訳）

あなたと共寝した夜のことが、夢のようにかすんで来て、うとうとしますと、ますます消え去ってしまいそうです。

この後に、次の地の文が続く。

となんよみてやりける。さるうたのきたなげさよ。

（訳）

このように詠んで女に贈った。その歌のきたないことよ。

この歌は、古今集に業平作、詞書は「人に逢ひて、朝によみて遣はしける」とある。

古今集によれば、これは業平のきぬぎぬの歌であり、特に「きたなげさ」を強調するような

所はなさそうである。「きたなげさ」については、いやらしい、だらしがない、未練たらしいと、さまざまな解がなされており、どう解釈しても、ほめ言葉ではないから、業平自身の卑下したものであろうとの説もある。しかし、物語の本文を読むと、業平とは違う人間像が浮かんでくる。

本文「むかし、おとこ有りけり。いとまめに、じちようにて、あだなる心なかりけり。」と紹介され、「まじめ」が三回繰り返されている。非常に誠実な男という設定である。それが男女の仲は不思議なもので、まちがいを起こしてしまったという設定になっている。さて、それでは、この歌のどこがきたなげなのか。歌中の「はかなみ」と「はかなにも」が畳語であり、五句を逆に読み、「なかるさま」と、同じような意味が三つ重なる。作者は、このことを発見し、業平とは別のタイプの人物や場面設定を行ったのではないかと思うのである。

8　百十九段について

この章段は短いので全体を掲げる。

本文、むかし、女の、あだなるおとこの、かたみとてをきたる物どもを見て、

　　かたみこそ今はあたなれ　これなくは

　　わするゝ時もあらましものを・

（訳）

昔、女が、浮気な男が形見といって残していった品々を見て、

　　形見こそ今は邪魔なものだ。こんなものがなければ、男を忘れる時もあろうに。

この歌は、折句にもなっており、各句の末を順に読むと「それはもものを」がある。物名、折句を持つ高度な技巧を駆使した歌である。「さて、この形見とは何でしょうか。正解は「裳の緒」である。裳と緒でもよい。に問いかける。この緒で二人はまだ繋がっているのであろう。

この歌は、古今集巻第十四の巻末に置かれ、「題しらず　読人しらず」の歌である。ところが、この歌の前に置かれた歌が、

（詞書）
親のまもりける人の女にいと忍びに逢ひて、ものら言ひける間に、「親の呼ぶ」と言ひければ急ぎ帰るとて裳をなむ脱ぎ置きて入りにける。

そののち裳を返すとてよめる　　　おきかぜ

（歌）
逢ふまでの形見とてこそ留めけめ
涙に浮ぶもくづなりけり

形見の「裳」を返す歌である。

このことから、次の想定が導かれるであろう。伊勢物語の作者は、古今集の二つの歌を知り、巻末の「題しらず　読人知らず」の歌の方だけ、前文を付加して利用した。古今集が先か、伊勢物語が先か、難しい問題だが、古今集が先だと確実視されている章段がある。それは、二十五段で、古今集巻第十三に、業平と小町の並んで採られている二つの歌に、地の文を付加

して創作されたとされる。この百十九段についても、同じ成立事情が認められるのではなかろうか。

古今集のこの読人知らずの歌は、「題知らず」とあるから、この歌独自では、作歌者が男か女か、この形見が何なのかは判明しない。この歌を、古今集の撰者が、例えば業平歌集や原伊勢物語等から取り込んだとは考えにくい。もし、これらから採録したのなら、その詞書を反映した方が効果的であったろう。古今集のこの一つ前の「藤原興風」の歌には、長い詞書がついている。この歌は巻十四の巻末にあり、配置の妙がある。次の巻十五は失恋の歌へと続く。伊勢物語の作者は、この歌の五句に物名「ものを」があることを知り、しかも折句「それはもを」を発見し、それにふさわしい場面設定し、物語化したのであろう。伊勢物語の作者が、古今集から、二十五段を創作したように、この段にも同様の成立過程が認められるであろう。

（3）

次に、大和物語と平中物語を検討したい。これらは伊勢物語と同じ歌物語で、ほぼ同時期に成立したとされている。さて、大和物語の物名は13首ある。

1　二段　たびね（二句、日根（ひね））
2　十段　見つつ（二句、堤（つつみ））
3　五十八段〇見てしかなとりのみゆけば（三句、四句、名取の御湯）

○などすなどりの見ゆる（四句、三句、五句、名取の御湯）

4　七十段　安達の山ももろともに（二句、三句、山桃）

5　百四十四段○なみだをふさに（四句、小総）
　　　　　　○身のわびしさに（四句、箕輪）

○ゆきかひぢ（二句、甲斐路）

6　百四十六段　あさみどりかひある（一句、二句、鳥飼）

7　百六十一段　ひじきも（伊勢物語三段と同じ）

8　百六十四段　わびしき（伊勢物語五十二段と同じ）

9　百六十七段　いなやきじ（一句、雉）かりごろも（三句、雁）憂きかもぞ（五句、鴨）

10　百六十八段　うしみつ（二句、牛、巳）ねぞ（五句、子）

（物語本文は、日本古典文学全集『大和物語』高橋正治氏校注による）

以上、13首である。大和物語は伊勢物語を取り入れている章段があり、両者共通の歌が二つある。

両者を比較してみると、物名歌数は、8と13首だが、それぞれの歌の総数が違い、物名歌の占める割合は、両者とも約四％でさほど差はない。しかし、大きな違いがあると思われるのは、大和物語の隠題の分かり易いことである。伊勢物語のように隠題を見い出すのが困難という歌はないと言ってもいいだろう。両者の文章を比べると、伊勢物語の作者は、十分には書き込まず、微妙な言いまわしで、聞き手、読者への挑戦がある。いわば、作者は簡潔な表現を装って、

花を隠している。分かる人は分かるだろうという態度である。一方、大和物語の作者は、語り尽くそうとする意欲が感じられ、読者の介入を許さぬ自己完結型と言えよう。例えば伊勢物語二十三段、大和物語百四十九段では、同じ題材が扱われ、伊勢物語の「大和の女」に関する描写は、あっさりしている。ところが、大和物語の描写には、書かずにはおくものかの執念が感じられる。この作者は読者へのサービス精神が旺盛なのである。百四十八段などは、作者の気配りがほどよく行き届いた珠玉の作品と言えよう。伊勢物語が自己完結型とするなら、伊勢物語は読者参加型と言えよう。大和物語の章段の文末に、増補されたと見られる部分が多く見られるのは、伊勢物語の文章の持つ宿命と言えるのではなかろうか。何か加えたくなる文章なのである。

物名の最後に、平中物語を取りあげる。

平中物語の物名は5首

1　一段　たつた川　（二句、蔦）

2　九段○まさぐら　（一句、桜）

　　○まさぐら　（四句、桜）

　　○別れだにかく　（二句、たにかく）

3　二十九段　心づきなく　（四句、月なく）

（物語本文は、日本古典文学全集『平中物語』清水好子氏校注による）

平中物語の物名はやや少ないと言えるだろう。総歌数に占める物名歌の割合は約三％である。

14

（4）

伊勢物語の折句について検討したい。

言語遊戯文芸の作品を集め、この分野での先駆的な書、『巧智文学—東西共通の趣味文学』（和田信二郎氏著、明治書院一九五〇年刊）によれば、

「折句は五文字のことばを和歌の頭毎において詠んだのに始まったが、それが次第に発展して種々の體をなすやうになった。本書はこれを冠折句・沓冠折句・毎句折句・毎句沓冠折句の四種に分けた。」（一部省略して引用）

和田氏の四分類のうち、前二者は数首、数句に渡る多作品を取り扱ったもので、一首のみを扱うのは、後二者である。この小論では煩雑さを避けて、「毎句」を省略し、単に折句、沓冠折句として述べる。

なお、物名、折句の発達の史的考察、漢詩文からの影響を説いた『物名の歌と折句の歌』山岸徳平氏著（「平安文学」所収、山岸徳平著作集Ⅱ）は、万葉集を初めとする日本文学と漢詩との交渉を明らかにしていて、大いに参考になる。

さて、伊勢物語の折句（沓冠を含む）は16首ある。

傍線の上が句頭に据えられたもの、傍線の下が句末に据えられたものとする。

1
三段　おむねひそ——はにんはも

2　沓冠（添ひ寝む、思はんには）
　　九段　かきつはた──もしはるふ
　　沓冠（かきつばた、古橋も）
3　四十四段　──くとはくな
　　（なくば早く、解く）
4　五十一段　──はやむめや
　　（巳めむやは）
5　六十段　さはかむそ──
　　（裁かむぞ）
6　六十八段　かきあはす──
　　（かき合はす）
7　七十七段　──なにはをし
　　（名には惜し）
8　八十七段　ぬひしまそ──
　　（縫ひし間ぞ）
9　九十四段　○──はるややむ
　　（春や止む）
　　○──きにやもれ

10　百一段　さしひあふ──
　　（さし日逢ふ）

11　百五段　しけきたひ──はむてきを
　　沓冠（繁きたび、招きてむは）

12　百十六段　なみはひき──
　　（波は引き）

13　百十七段　──とみのりき
　　（夙宣りき）

14　百十九段　──それはもを
　　（それは裳を）

15　百二十四段　おいやわひ──
　　（老いや陀び）

　以上、折句のある章段が15あり、

　（季にや漏れ）

九十四段に2首あるから、計16首となる。　内訳は折句13首、

沓冠折句3首となる。

　まず、2、九段から検討しよう。

　本文、九段（一部）

　ある人のいはく、「かきつばたといふ五文字を句の上に据へて、旅の心を詠め」と言ひけ

17

（歌の訳）

唐衣を着なれるようになれ親しんだ妻を（京に）残してきたので、はるばるやって来た旅を、（悲しく）思うのですよ。

この業平の歌は、古今集巻第九　羈旅歌の部に、物語とよく似た詞書を伴って採録されており、折句と言えばこの歌が思い浮ぶほど有名な歌である。平安時代の初期の六歌仙の時代頃には、折句の歌は盛んに作られるようになったらしい。万葉集には、折句の歌があるとの説は聞かないから、この「から衣」の歌が記録に残るものとしては、もっとも古い折句の歌となろう。但し、この歌は折句の技法ばかりでなく、他の技法にも富み、歌の内容でも「旅の心」が哀切に表わされており、業平の作歌力の高さを示すものと言えよう。

さて、この歌は冠が「かきつばた」とすれば、沓に「古橋も」が詠み込まれている。但し、この説は私が最初に指摘したものではない。「古橋も」を「古橋・藻」とする説もあるが、私は「古橋も」で十分だと思う。だが、この説は、現代の注釈書で、管見の及ぶ限りでは認めている研究者はいないようである。最近になって、インターネットで調べていたら、「電書館」（館長、荻生待也氏）の中に、沓冠とする前記の荻生氏説を見い出し、私も心強く思ったものである。

それでは、沓は成立するのだろうか。地の文では、「かきつばた」の折句の歌を詠めであって、

18

「古橋も」については詠めとは言っていないのである。しかし、折句の歌は、「何々」を詠めと言われて詠んだのだけを言うのではない。むしろ、隠された方が、他の意味を添加したり、時には暗号のような妙味が増すと考えられるのである。九段の地の文に「三河の国八橋」「そこを八橋と言ひけるは、水ゆく河のくも手なれば、橋を八つ渡せるによりてなむ八橋と言ひける。」と八橋を詳しく記述している。又、古今集の詞書には「三河国八橋」があり、この沢のほとりで、業平が詠んだことになっている。このことから、伊勢物語の作者、古今集の撰者は、沓冠の存在を十分承知していたと思われる。承知しながら「言わぬが花」なのである。業平は即興にこの歌を詠んだのだろう。但し、このように旅の途中かどうかは保証のかぎりではない。歌を生かすべく、旅を設定した可能性も大である。又、もしかしたら、業平は「ふるはしも」を意識せず作歌し、偶然の産物かも知れない。しかし、この歌を要求した人々、さらに「古橋も」まで詠み込んだ業平に拍手喝采したことであろう。九段の風景「かきつばたや古橋も」詠み込んだこの歌を、私は沓冠の歌としたい。

1、三段について

（本文）

　昔、男ありけり。懸想（けさう）しける女のもとに、ひじき藻といふものをやるとて、

　思ひあらば　むぐらの宿に　寝もしなん

　ひしきものには　袖をしつ〻も

（訳）

（以下省略）

昔、男がいた。思いをかけていた女のもとに、ひじき藻（海草名）を贈るというので、（男の歌）あなたに愛情があるならば、（私は）どんなあばら家でも共寝しますよ。敷物には互いの袖を使うのでも。

この歌は（2）物名のところでも取り上げた。さて、歌の句頭は、おむねひそ　歌の句末は、はにんはも　である。句頭を下から逆に読み、句末も同じように下から読むと、「添ひ寝む、思はんには」となる。意味は「添い寝をしたいものです。（あなたが私に）思いをかけて下さるなら。」となり、男の歌とほぼ共通の意味を持っている。この沓冠は5字ごとの意味のまとまりが多いなか、句頭4字句頭末6字のまとまりで、気付きにくい大変珍しいものと言えよう。

3、四十四段について

（本文）

昔、あがたへ行く人に、馬のはなむけせむとて、呼びて、うとき人にしあらざりければ、家刀自、盃さゝせて、女の装束かづげんとす。あるじの男、歌詠みて、裳の腰に結ひ付け
さす。

出でてゆく君がためにと脱ぎつれば

我さへもなくなりぬべきかな

20

この歌は、あるがなかに、おもしろければ、心とゞめてよます。腹に味はひて。

（訳）

昔、地方へ行く人に、餞別しようとして、家に呼んで、遠慮するような人ではなく、ごく親しい人だったので、主人は妻に、盃をささせ、女の装束を贈ることにした。主人の男は、歌を詠んで、装束の裳の腰ひもに結び付けさせた。（その歌は）

地方に出かけて行く君のために、裳を脱ぎましたので、（あなたの旅のわざわいは勿論のこと）私のわざわいもなくなってしまうことでしょうよ。

この歌は、歌そのものが＝（仕掛けがあって）＝おもしろいので、注意して読ませる。腹で味わうように。

この歌の句末を逆に読むと、「なくばとく」となり、意味は「装束がなくなったら、早くひもを解いてお使い下さい。」となる。言葉遊戯的な軽い暗号となっている。この前提に贈る側の男と贈られる男が非常に親しいと見られることである。贈る男は、地方へ行く人、おそらく地方官となって赴任するのであろう男を、家に呼んで送別の宴を催し、女主人（妻）に盃をささせている。文中「うとき人にしあらざりければ」とあるが、これは互いに遠慮のいらない仲、ごく親しく信頼していた人なのでの意味になる。そこで、贈り物も「女の装束」とあるから、比較的高価な品だったと思われる。ここは裳だけを贈ったのではない。装束の中の裳の腰ひもに歌を結び付けたのである。この結びつける行為にも意味があり、「物名」にもあった折句を示すヒントになっている場合がある。贈りものに、和歌を何かに結び付けることが、

結びつけるのは当時の習慣としてよく知られているが、この行為が強調されている時は注意が必要である。

なお、注釈書によっては「裳」と「喪」を掛詞とするのは、自分の喪を旅立つ人に押しつけるようで餞別のことばとしてはどうか、とする説がある。これに対し、『全評釈』（前出）は、万葉集に裳と喪の掛詞の例を示し、ある注釈書の説は成立しないとするが、従うべきであろう。

この歌では、「我さへも」とあるから、当然「あなたのも」となるはずで、わざわざ設けた餞別の宴の歌であるから、旅の無事を祈り、前途を祝した歌であるのは明白である。

さて、後文に移る。これらの文の解釈はさまざまであり、一つに定まらない。塗籠本では、この後文そのものを欠く。

私の訳は一例であり、他の有力な解釈として、例えば『伊勢物語評解』（上坂信男氏著）は、この歌は面白い歌が多い中でも特に面白いので、声に出さず、念入りに腹の中で味わった。この解釈は本文「心とゞめてよます」の部分を「よまず」と否定と取るもので、上坂氏のこの解も有力である。次に、『新潮日本古典集成　伊勢物語』（渡辺実氏校注）は、

　<u>この歌はその時よまれた歌の中で面白ければ、感動の心を残し、返歌はよまず、腹に味は</u>
　<u>ひて（有難くうけとった。）</u>

（傍線部は原文のまま、本書は全訳ではなく、必要に応じて、部分訳している。　筆者注）

この解釈は、「よまず」の主体を、地方に行く人としたもので、このような解を採る注釈書は少ないと思われるが、伊勢物語の本文は簡略なので、十分成立可能な説であろう。

私見を述べよう。ここは、作者によるヒントになる文なのである。又は、後人による増補かも知れない。歌の後に、その批評らしい地の文が続く章段も多数あるが、この地の文は、奇妙な文でやや違和感を覚えるほどである。「この歌は、あるがなかに、おもしろければ」とあるが、「出でてゆく」の歌が特別な名歌とも思えない。「心とゞめてよまず。」又は「心とゞめてよまず。」も、余計なお世話である。「腹に味はひて」も同様である。これは、裳の腰の記述があるので、腹とか、心などの語を添加したのかも知れない。

では、なぜこのような文を付け加えたのだろうか。塗籠本はこれらの文を欠くが、この方がすっきりしている。が、この奇妙な文こそ、そこに作者の工夫があるのである。私は先に、伊勢物語の文章は、読者参加型であるとした。後人による増補された文の可能性も否定できない。とすれば、ここは増補者の工夫とも言える。不完全と思われる章段に、つい文章を加えたくなるのが、この物語の特徴なのである。それでは、その工夫とは何か。これは折句があるとのヒントなのである。私の訳は「この歌は、歌そのものが（仕掛けがあって）」としたが、実はこれではあからさまで（　）内は削除した方が良いかも知れない。ヒントとして、「折句があるので注意して読みましょう」では、実につまらない。そこでヒントであると同時に、逆に目くらましの効果のある文ともなっている。この微妙なバランスが難しく、そこで現在あるような文章になったのであり、作者、又は増補者の苦労を知るべきなのである。

私は折句の歌が、伊勢物語に16首あると先述したが、この内、折句の歌として認められているのは、2の「かきつばた」の歌のみである。（但し、この歌の沓冠は定説化していない。）こ

の歌は、詞書、前文（地の文）に「五文字を句の上に据へて詠め」とあるから、これが折句の歌であることを誰も否定できない。しかし、「五文字を句の上に据へて」等の地の文がなくとも、折句の歌は、折句の歌であるのは勿論である。

それではなぜ発見が遅れたのであろう。この歌の場合、

　いでてゆく・　きみがためにと・　ぬぎつれば
　われさへもなく・　なりぬべきかな・

右のように、五文字が句末に置かれ、しかも、下から逆に読まなければならない。（私はこれを、仮に末の逆折句と呼んでいる）

このような場合、折句であることにすぐ気付くのは難しいだろう。作者としては、折句に気付いてほしいと思う反面、分からなければそれでもよいという書きぶりである。

ついでながら、私は毎句折句を次のように句頭か句末か、読む順は上からか、下からかによって、四つに仮分類している。

A　順折句　　句頭、上から順に読む
B　逆折句　　句頭、下から逆に読む
C　末折句　　句末、上から順に読む
D　末の逆折句　句末、下から逆に読む

このうち、Aは比較的気付きやすく、Dは発見が難しくなるだろう。折句はAから始まったようだが、沓冠などは必ず句末に置かなければ成立しない技法であり、CDが特に珍しいもので

もない。(この分類と名称は仮に付けたものである。この分類は細かすぎて、逆に煩雑になる恐れがあるので、特に必要な場合のみに用い、他は単に折句と呼ぶ。)

続いて、「四十四段はおおらかでとぼけた味わいの艶笑譚である」とする織田正吉氏『日本のユーモア2（古典・説話篇）』の説を紹介しよう。

これから出立するあなたのためにと妻が裳をぬいでさしあげたので、妻の「も」もなくなったけれど、私の「も」もなくなるでしょう。「も」は「裳」「喪」の同音異義。あるじの喪がなくなる――不幸が消え厄介ばらいができるというのは、出立する男が妻と通じているのをあるじが知っていたことを男に伝えているのである。(以下省略)

この織田氏の新説には敬意を表するが、私は賛成できない。なぜなら、本文中に「うとき人にしあらざりければ」とあり、大変親しい人だからこそ「馬のはなむけ」「送別の宴」を催したのである。又、出立する男が妻に通じているという感じはない。もし、そのような男であるなら、わざわざ家に招いて送別の宴を行う必要はない。この章段のおもしろさは別の所にあると見るべきだろう。

4、五十一段について
(本文)
　昔、男、人の前栽(せんざい)に、菊植へけるに、
　　植へし植へば　秋なき時や咲かざらん

　昔、男が人の前栽に菊を植えた時に、

　　　花こそ散らめ　　根さへ枯れめや

（訳）

　しっかりと植えましたので、秋の季節がない時は咲かないでしょう。（しかし、秋は必ず巡って来ますので花は咲きます。）咲いた花も必ず散るでしょう。（しかしながら）根まで枯れるでしょうか。（枯れることはありませんよ。）

　この歌は、古今集巻第五　秋歌下に有り、在原業平朝臣の作として、詞書に「人の前栽に、菊に結びつけて植へける歌」と、菊に結びつけた歌であり、3の「裳の腰に結び付ける」と似ている。表現としては、一句の「植へ」は畳語であり、二、三句は意表を突いた内容で、四、五句で念押しをしている。又、三句切れ、四句切れの歌で、業平の歌の特質を示す秀歌と言えよう。

　『全評釈』（前出）はその評で

　古今集仮名序の六歌仙評の「心余りて詞足らず」の代表例ともいうべく、和歌の形式にさえとらわれない不羈奔放な詠み方になっている歌である。（以下省略）

と、述べているが、その通りであろう。大変技巧的な歌であるが、そこにさらに「折句」が加わる。折句「已めんやは」は、決して（根まで）絶えることはありませんの意味で、五句「根さへ枯れめや」を強調しているのである。

　なお、これと同様な物語が、大和物語百六十三段にあり、「在中将に、后の宮より菊を召しければ、奉りけるついでに、（歌は省略）と書いつけて奉りける。」とあり、これによれば、高

貴な女性の求めに応じて、業平が菊の苗を奉り、その菊に結び付けたことになっている。

5、六十段について

（本文）

昔、男有りけり。宮仕へいそがしく、心もまめならざりけるほどの家刀自、まめに思はむといふ人につきて、人の国へ往にけり。この男、宇佐の使にて行きけるに、「ある国の祇承の官人の妻にてなむある」と聞きて、「女あるじにかはらけ取らせよ。さらずは飲まじ」といひければ、かはらけ取りていだしたりけるに、さかなゝりける橘を取りて、

　五月待つ花橘の香をかげば
　　昔の人の袖の香ぞする

といひけるにぞ思ひ出でゝ、尼になりて、山に入りてぞありける。

（訳）

昔、男がいた。宮仕えで忙しく、妻に対し、こまやかな愛情を注ぐことができなかった頃に、（この妻は）「大切にしますよ。」と言う人に付いて他国へ行ってしまった。先の男が、宇佐使として地方に出向いた時に、「ある国で、接待役の地方官の妻になっている。」と聞いて、（その地に宿泊した時）「（あなたの）奥さんに盃を取らせなさい。そうでなければ、私は酒は飲むまい。」と言ったので、（地方官の）妻が盃を取ってさし出した時に、酒のさかなであった橘の実を取って、

五月になるのを待って咲く橘の花の香りをかぐと、昔の恋人の袖の香りがしますよ

と詠むと、（女は都での生活を）思い出して、尼になって、山にひき籠ってしまった。

この六十段は、伊勢物語の中でも、すぐれた章段として知られており、逃げた女房の元へ、

出世した男が訪れるというドラマチックな設定となっている。これと似た物語が、六十二段に

もあるが、この章段は男の冷酷さが目立ちすぎて感心しない。

さて、この六十段であるが、なぜ女は尼となり、山に籠ってしまったのであろうか。これが、

この章段の最大の謎である。女が都を捨てたのも、男が特に悪い訳ではないのである。職場優先なのも

ある程度理解できる。女の側も特に悪い訳ではない。女の行為も、やむを得ない選択だったと

理解できる。この女を新たに妻にした地方官も、都では身分も収入も低いだろうが、自国に戻

れば、多分、郡司クラスの有力者として勢力を持った者なのである。女も地方に下れば、都出

身の奥様として大切に扱われたであろう。そんな所に、前夫が宇佐使となって突然現われ、強

引に宴の席に女を呼び出す。接待係としては、勅使を怒らせるわけにはいかないので、今まで

のいきさつを知りながらも妻を宴席に侍らせざるを得なかったのである。この地方官の方は、

勅使が妻の前夫であることは知っていたに違いない。相手のことをある程度知らなくては、接

待係は勤まらない。女の方はどうか。女も当然知っていたはずである。勅使の名前ぐらいは、

夫が隠しても、大勢の者が準備に当たれば、その配下の者から漏れ聞くであろう。

注釈書によっては「五月待つ」の歌に続く、「といひけるにぞ思ひ出で〻」の訳を、「と詠むと、

（男が）先の夫であることに気付いて」とするが、どうだろうか。勅使が歌をよみ掛けて初め

て元の夫であることに気付く、そのような鈍感な女なら、尼となって山に入らないと思うのである。

なぜ、女は尼となって山に入ったのかに、続いて、次の疑問は、酒のさかなが橘の実であることである。歌では花橘とあるが、どうして実なのか。勿論、橘の実は当時好まれた果物であり、花では飾りにはなっても酒のさかなにはならないことは承知している。男は橘の実を取りあげ、「五月待つ」の歌を詠む。この歌も古今集にも採られている詠み人知らずの有名な歌である。懐旧の情を催す、お変わりありませんねという男の心情を表わしていると見られる。どこにも非難がましい点は見い出せない。「なつかしいですね。」などとやさしく言われるより、「どうして逃げたのだ。」となじられた方が、気が楽だったのかも知れない。この男のやさしさゆえに、女は反省して尼になったとする見方もできよう。この男の

私案を述べよう。この六十段には、二つの仕掛けがあり、これに気付かないと作者の意図を見抜くことはできない。しかし、二つの仕掛けが分からなくても、十分鑑賞に耐えられるところが作者の自慢なのである。

第一の仕掛けは折句である。「五月待つ」の折句は「さばかむぞ」で「裁かむぞ」は裁いてやるぞの意味となる。この「裁く」は、料理する、解体する、裁判にかける、決着をつける等の意味があり、先ほどの疑問、男が橘の実を取り上げたのも理由がある。この実は裁いて食べるものだからであり、折句を生かすための小さな工夫なのである。では、この歌から男は何を伝えたかったのか。それを端的に言えば「許さないぞ」の男の意志表示となろう。この宴席に

は、二人以外にも、お付きの者、接待する側の者も大勢いたであろうから、このように伝達するしか方法がなかったと思われる。女の「思ひ出ゞて」は、前夫との都での生活を思い出すと同時に、この男の意志を察したのではあるまいか。

第二の仕掛けは地名に関することである。伊勢物語の地名には特別の意味を持って物語と関わるものがある。ここでは、宇佐、宇佐使が重要である。伊勢物語の主人公と見られる在原業平は、実際に宇佐使の役に任ぜられており

　仁寿二年（A・D八五二）

　四月十五日、奉神宝使在原右中将業平朝臣

　（『歴代宇佐使』宇佐神宮史　資料篇　巻二による）

このことを作者は利用して、物語化したのであろう。

しかし、なぜ宇佐使でなければならなかったのか。他の勅使でも物語は成立するが、作者の狙う効果が薄まる。この「宇佐」は掛詞で「憂さ」に通じ、宇佐使は憂さ使でもあるところが作者の工夫である。「憂さ」には気持が晴れないとの意があり、この宇佐使は、おそらく、長年の努力が認められ、官位も昇進し、名誉ある役を委されても、屈託した心を持っていた。又、「うさ」は「失す」にも音が通じ、消える、なくなる、死ぬ等の意味がある。とすれば、「宇佐使」に作者は、宇佐神宮に幣を奉る表面上の役割とは別に、積年の鬱憤を晴らすべく、いわば女を追放する任務も背負わせたのである。ここは、他の勅使ではだめで、どうしても宇佐使でなければならなかったのである。

以上、作者は「さばかむぞ」の折句と、「宇佐」「宇佐使」の地名等からの連想で、この物語を構成していったと私には思われるのである。このため、女は尼となって、山に籠らねばならなかったのである。

この作者の仕掛けがあまりに自然でみごとであったがために、物語成立後、長きにわたって気付かれなかったのであろう。

『鑑賞日本古典文学　第五巻　伊勢物語　大和物語』（片桐洋一氏編）で、片桐氏は、『昔の暦の五月待つころ、今の梅雨も近いころ、じめじめとした季節にふさわしい重苦しい物語である。ある注釈書が「五月の花橘のようなさわやかな章段」と評していたが、とんでもないことである。』片桐氏のこの評はなるほどと思われる。だが、一部賛成できかねる点もある。この宇佐使の男は、六十二段の男より以上に冷酷かも知れない。しかし、物語の結末に大きな違いがある。

六十二段の女は「（男が）衣を脱ぎて（女に）与えたけれど、捨てて逃げて行ってしまった。どこへ行ったかも知れない。」で、終わるが、この結末には救いがない。女はさらに落ちぶれていくのであろう。

ところが、この段の女には、潔さと矜持がある。私にはこの女の行為にさわやかさを感じるのだが、どうだろうか。

6、六十八段について

（本文）

昔、男、和泉の国へ行きけり。住吉の郡、住吉の里、住吉の浜を行くに、いとおもしろければ、おりゐつつ行く。ある人、「住吉の浜と詠め。」と言ふ。

　雁なきて　菊の花さく秋はあれど

　春の海辺にすみよしの浜

と詠めりければ、みな人ぐ〳〵詠まずなりにけり。

訳は省略する。住吉はその名の通り、住み良い、すばらしい所である。折句、「かき合はす」は、みんなひっくるめての意味である。

7、七十七段について

（本文、一部省略）

　……右の馬の頭なりける翁、目はたがひながら、詠みける、

　山のみな移りてけふにあふ事は

　春の別れをとふとなるべし

と詠みたりけるを、いま見れば、よくもあらざりけり。そのかみは、これやまさりけむ、あはれがりけり。

（訳）

（省略した部分は、文徳帝の女御がおなくなりになり、その法事の際、供物が山のように

積み上げられた等の記述があり、）
右の馬の頭だった翁が、（本当の山だと）見ちがえたままで、詠んだ歌は、山がみな移って今日のこの法事に参会なさるのは、女御さまの春の別れをとむらっているのでしょう。

と詠んだが、今見ると、すぐれた歌でもなかった。その時は、この歌はよい歌と思われたのか、賞賛された。

この右馬頭は業平とされる。但し、この役職や翁と呼ばれている点が史実と合わない。

『在原業平』（今井源衛氏著）の「業平略年譜」によれば、

○貞観元（八五九年）女御の四十九日法要に「山のみな」の歌を詠む。（業平35歳）
○貞観7（八六五年）右馬頭となる。（業平41歳）

業平は翁と呼ばれる年齢にも、右馬頭にもなっていないのである。

『全評釈』（前出）は

実際に山が動いたという前提に立たなければ、この歌は誇張しすぎる歌となってしまうので、「目はたがひながら」と特にことわっていると考えられる。

竹岡氏はこのように、業平の「山のみな」の歌を生かすべく、この法要を虚構化した作品と見ている。

私はさらに「折句」の存在を付け加えたい。作者は、折句「名には惜し」に気付き、それを利用しようとしたと思われるのである。この歌には誇張があり、名歌とも言えないかも知れな

33

い。しかし、「今見るとよくないね。」とは誰が言えよう。これは業平の歌である。ここに伊勢物語の読者参加型の特徴がある。「なぜ、そのようなことを言うのか。」という読者や、聞き手の疑問を予期しているのである。その答は歌そのものに聞いてくれであったろう。これと同じ技法が、百一段にも使われている。

折句「名には惜し」は、「女御さまの名声が、惜しまれる」との哀悼を込めた意味があるが、作者は別の意味も見い出した。名声の対象を業平に向け「業平の歌にしてはもう一歩だね。」と解釈してみせたのである。

8、八十七段について

（本文省略し、歌と、それに続く文のみ）

　　ぬき乱る人こそあるらし　白玉の

　　　間なくも散るか　袖のせばきに

と詠めりければ、かたへの人、笑ふことにや有りけん、この歌にめで〻やみにけり。

（訳）

　結んである糸を抜き乱している人がいるらしい。　白玉が絶え間なく散っていることだ。受ける私の袖はこんなに狭いのに。

と詠んだので、側の人は、笑うことがあったのだろうか、この歌をほめて、自分の歌を詠むのをやめてしまった。

ここは、摂津の国、布引きの滝の場面である。歌には「縫ひし間ぞ」の折句が隠されているが、比較的見つけやすい。意味は「まだ、(白玉を) 縫いつけたばかりなのに」の意味となる。「笑ふことにや有りけむ」の対象が不明だが、擬人化された表現をおもしろいと思ったのか、折句に気付いたのか。その両方かも知れない。

9、九十四段について (二首)

(本文省略し、歌から以後を引用)

　　　秋の夜は春日忘るゝ物なれや
　　　かすみに霧や千重まさるらむ

となん詠めりける。女、返し、

　　　千ぢの秋　一つの春に向かはめや
　　　紅葉も花も　共にこそ散れ

『全評釈』は「まさるらん」だが、「まさるらむ」に改めた。

(訳)

秋の夜には、春の日のことを忘れてしまうものなのですね。春の霞よりも、秋の霧の方が千倍も勝るのでしょうか。女の返歌

千の秋を集めても、一つの春には勝てませんよ。しかし、秋の紅葉も、春の桜も共に散

るものなのです。

この段は、男が元の妻である女に、絵を依頼していたのに、なかなか描いてくれないのを恨んで、詠んでやった歌と、その返歌から成っている。女は絵をかく人で、今は別の男がいるが、子供までなした仲なので、別れた後も絵を依頼するなど交流は続いている。

さて、男の歌には折句「春や止む」がある。この男の歌は、かつて夫婦であった時を春としているので、もう春は終わりですか、私の依頼など配慮して下さらないのかの意を含んでいる。

それに対し、女の返歌は、「そんなことはありません。春が一番すばらしいものです。」と男に気配りしている。この歌には「季にや漏れ」がある。これはどのような意味であろうか。この女は四季絵の作者であろう。

男の折句「春は止む」は、春は終わりですか、私たちの仲もこれまでですかの裏の意味は「春図は描かないのですか」となり、男は春の図を依頼したのだろう。これに対し、女の歌の折句「季にや漏れ」は、「四季のうち、季節にもれがあったのですか。」と男に応じたものである。

ここは、折句には、四季の歌で答えた、特筆すべき、すぐれた章段になっていると私には思われるのである。

又、『日本美術史事典』（石田尚典氏ほか監修、平凡社）によれば、

四季絵は『広辞苑』によれば、「四季折り折りの情趣ふかい自然と人事を和歌に詠み、これを絵画化したもの（一部）」さらに、九世紀末から一〇世紀にかけて成立とある。

四季絵の各画面は春は桜に柳、夏は松と藤といった定型的なモティーフに象徴される風景

画であるとともに、田園で働く農夫や狩人、旅人などそれぞれの季節にふさわしい風俗的な要素をも含み、しかも全体として四季の推移という総合的なテーマのもとに統一されていたと考えられる。（一部引用）

右のように、女が四季絵の作者だった場合、四季のうち一つでも欠ければ、完成品とはならないから、早く描いてくれるよう依頼したのではなかろうか。

10、百一段について

（本文一部省略）

詠みはてがたに、主のはらからなる、あるじゝ給ふと聞きて、来たりければ、とらへて詠ませける、もとより歌のことは知らざりければ、すまひけれど、しゐて詠ませければ、かくなん、

　　咲く花の下に隠るゝ人多み
　　ありしにまさる藤のかげかも

「などかくしも詠む」と言ひければ、「太政大臣（おほきおとど）の栄華の盛りにみまそかりて、藤氏のことに栄ゆるを思ひて詠める」となん言ひける。みな人、そしらずなりにけり。

（訳）

詠み終わる頃に、主人の兄弟である男（業平）が、兄の行平がもてなしの宴を催している

と聞いて、訪れたので、つかまえて歌を詠ませた、（男は）元々歌のことは知らなかったので、辞退したが、無理に詠ませたところ、次のように詠んだ。

咲く花の下に隠れてしまう人が多いので、以前にも増して栄える藤のかげですね

「どうしてこんな歌を詠むのか。」と人々が言うと、「太政大臣が栄華の盛りにいらっしゃって、藤原氏が特に栄えることを念じて詠みました。」と言った。（そこで）人々はみな、この歌を難じることはなくなった。

この章段は、兄の行平が宴席を設け、藤原氏、その他の高官を接待している場面である。「藤の花」を題に、人々が歌を詠むこととなり、その終盤に弟の業平が訪れる。業平は歌のことは知らないと謙遜するが、無理に詠ませられる。この日の主賓の藤原良近と業平とは清和朝の「次侍従」の職にあったころの同僚で、年齢も近く（業平が二歳下）親しい間柄であったと思われる。

さて「咲く花」の歌の、二、三句「下に隠るゝ人多み」の意味は微妙である。藤氏の下に隠れる、藤氏によって邪魔される、このような解釈が一つ。もう一つは、藤氏のお蔭を被る、藤氏に庇護される。人々はこの歌を聞き、前者にとって非難した訳である。業平は後者ですよと弁明して、事なきを得た。接待の宴で、相手に気分を害されたら、兄、行平の面目が立たない。実はここにもう一つ、安全弁が用意されていた。それは折句「さし日逢ふ」である。この折句は、比較的簡単に人々には判明したであろう。意味は「太政大臣のありがたい日差しに当る、太政大臣の恵みのお蔭です」用意周到、ここに自由奔放とされる業平の別の一面を見せたのである。

11、百五段について

（本文）

　昔、男、「かくては死ぬべし」と言ひやりたりければ、女、

　白露は消なばけなゝむ　消えずとて

　玉にぬくべき人もあらじを

と言へりければ、「いとなめし」と思ひけれど、心ざしは、いやまさりけり。

『全評釈』は、歌第二句を「なん」とするが「なむ」に改めた。

（訳）

　昔、男が「こんな状態では死んでしまいそうです。」と言ってやったところ、女は、

白露は消えるなら、すぐにでも消えてほしい。白露を玉のようにひもを通して大切にしてくれる人もいないでしょうから。

と歌を詠んでよこしたので、男は「実に無礼だ。」と思ったが、（女を）愛する気持はます強くなるのだった。

この歌は、沓冠折句となっていて、句頭を順に読んで「しげきたび」、句末を逆に読んで「招きてむは」。

　男は「このままでは死んでしまう。」と何回も女に訴えたのだろう。それに対する女の歌は「早く死んでおしまいなさい。あなたを親身に思ってくれる人なんかいませんよ。」さらに沓冠で「死ぬ、死ぬとおしまいなさい。」と言いながら、死ぬこともなく、たびたびのお誘い

ですね」を添えている。沓冠の作歌は難しくどこかに無理が生じてしまうのだが、歌の自然の流れはみごとと言うほかはない。男はけしからんと思うが、歌のうまさ、技量の高さを評価したことであろう。この章段は短いながら、沓冠の歌を生かした後文の配置がみごとである。

12、百十六段について

（本文）

昔、男、すゞろに陸奥（みち）の国までまどひいにけり。京に、思ふ人に言ひやる、

浪間より見ゆる小島のはまひさし

久しくなりぬ　君にあひ見で

「何事も、みな、よくなりにけり」となん言ひやりける。

（訳）

昔、男が陸奥の国まで、これといったあてもなくさまよって行った。都の恋人に書き送った（歌は）、

波の間から、児島の浜の庇が見えます。（ひさしと言えば）久しくなりました。あなたにお逢いしないで。

「何事もみな好転しました。」と書き送った。

この歌の折句「波は引き」は、男のみなよくなったと対応している。この歌は、万葉集巻第十一（2753）が本歌で

40

波の間ゆ見ゆる小島の浜久木

久しくなりぬ君に逢はずして

万葉集の浜久木（はまひさぎ）は海辺に生える雑木、本文の浜庇（はまひさし）は海辺にあ
る家の軒先につき出た部分。この両者に多少の違いはあるが、折句は成立する。作者は、この
折句に気付き、この章段を構成したのか、否かは不明である。が、伊勢物語作者によって発見された、万葉
して折句の歌を作ったのか、否かは不明である。が、伊勢物語作者によって発見された、万葉
集折句の最初の例となるであろう。

又、東日本大震災（二〇一一・三・一一）の巨大津波の記憶は新しいが、これと同規模、同地
点での大地震が、当時発生している。「三代実録」によれば、貞観十一年五月二十六日（八六九
年）貞観三陸地震が起き、巨大津波が襲い、甚大な被害をもたらしている。この救済のため都
から役人が派遣されているが、前文からして役人ではなく、たまたま現地にいて難にあった男
が「波は引き」と都に報告した手紙の可能性があろう。

13、百十七段について

（本文）

昔、帝、住吉に行幸したまひけり。

我見てもひさしくなりぬ　住吉の

岸の姫松いく世へぬらん

おほん神、現形し給ひて

むつましと君は　白波みづかきの

久しき世よりいはひそめてき

（訳）

昔、帝が住吉神社に行幸なされた。（その歌）

住吉明神が姿を現わされて、

私が見てからも久しくなった。住吉の岸の姫松はどのくらいの時代を経ているのだろう。

私がごく親しいと思い、（神社の姫松などの）生垣が久しいように、昔から大切にあなたを守ってきているのです。

この段は、帝（又はその代詠）と住吉の神との歌のやりとりで構成されており、物語中、特異な章段と言えよう。「我見ても」の歌は、古今集巻十七　題知らず、読み人しらずの歌である。次の神の歌「むつましと」には、折句「とみのりき」「夙宣りき」が隠されている。意味は、急に神がおっしゃった、突然、神が宣言されたとなる。この歌は元々は男女の恋愛歌であったものを、折句を活用すべく帝と神との場面に仕立てたと思われるのだが、この折句の存在に気付かぬ場合、神の出現が唐突過ぎる感がある。

14、百十九段について

これは既に（2）物名で述べた。

15、百二十四段について

（本文）

昔、男、いかなる事を思ひける折りにか、詠める、

思ふこと言はでぞたゞにやみぬべき

我とひとしき人しなければ

（訳）

昔、男がいかなる事を考えた折か、詠んだ歌。

思うことを言わないで、そのまま黙っているほうがよいのだろう。自分と同じ心を持つ人なんかいないのだから。

この章段は主人公が終焉を迎える直前に置かれている。この配置は、男のあきらめに似た心情の歌からして、適したものと言えよう。業平は元慶四年（八八〇年）に死去している。年齢は五十六歳であった。

この歌には折句「老いや侘び」があり、意味は、「老いとは侘びしいものなのか」となる。折句は、物語作者の「いかなる事を思ひける折にか」の文と、この章段の配置がすぐれている。折句は、物語化されて、その存在感を増す。この段も折句を効果的に使ったすぐれた章段と言えよう。

以上で16首の説明は終了する。

まとめとして、少し煩雑になるが、折句の四分類を次に掲げる。

折句（13首）

A　順折句　6首　　B　逆折句　0首

C　末折句　5首　　D　末の逆折句　2首

沓冠折句（3首）

1、三段　　逆折句プラス末の逆折句

2、九段　　順折句プラス末の逆折句

3、百五段　　右に同じ

なお、この中で、B逆折句は0だが、次の大和物語にこの例がある。

（5）

大和物語の折句の歌を取りあげる。

折句の歌があるのは、次の三章段である。

1、七十段　　しうまきな——

　　　　（なき際憂し）

2、百六十一段

　　この章段は、伊勢物語三段と同じ

3、百六十三段

この章段は、伊勢物語五十一段と同じ

1、七十段について

（歌のみ）

篠塚のうまやうまやと待ちわびし
君はむなしくなりぞしにける

（訳）

篠塚の駅からお便りを、今や今やと待ちわびておりましたのに、あなたはなくなってしまったのですね。

この歌は、監の命婦がその恋人の死を惜しんだものである。死亡した男は、陸奥の国へ下ったが、途中でなくなり、男の他界を聞いた後で、男の手紙、篠塚駅（三河国宝飯郡）でしたためた文が遅延して届き、命婦が詠んだ歌である。折句「なき際憂し」がある。「おなくなりになった際のことが悲しい」の意で、歌を補強した内容となっている。

2、3について

（4）の1・4参照

大和物語の折句の歌は、以上、3首である。

ほどで伊勢物語と大差はないと言えよう。ところが、折句の歌に関しては、伊勢物語が16首、

総歌数に占める割合は、約八％なのに対し、大和物語は一％ほどである。この差は偶然出てき

たものとは考えられず、両者の創作意識の違いからくるものであろう。

折句の歌をもつ章段は、一種のなぞなぞであるから、作者は詳細に書き込みをするわけには

いかない。しかし、読者や聞き手の参加を期待する。問題を出し、答えてもらわねばならない。

そのため、簡潔でしかも繊細でなければならず、そこには折句を生かす暗示も必要である。私

は先に、伊勢物語の文章は読者参加型と呼んだのはこのような点を言うのである。

折句の最後に、平中物語について述べよう。平中物語の折句は、1首ある。

1、三十段　　──たむけむを

　　　　　（手向けむを）

本文等は省略して歌のみ、

散るをまたこきや散らさむ袖ひろげ

ひろひやとめむ山の紅葉を

（歌の訳）

紅葉が散っていますが、さらにしごいて散らしましょうか。山の紅葉を袖を広げて拾いあ

げましょうか。

この歌は、男が山寺に参拝しようとした折、女に詠んだ歌であり、折句には、「御一緒に花

46

を手向けましょう」の意味がある。

平中物語の総歌数のうち、折句の占める割合は、大和物語以下で一％にも満たない。平中物語は、物名、折句とも少ない物語と言えよう。平中物語の歌の技法の特徴は、掛詞の使用頻度が高いところにあると思われる。

二　伊勢物語の折句と増補について

（1）

折句の歌に関して、伊勢物語の諸本に於いても、その有無に差が認められる。ここでは、まず定家本系と塗籠本系との比較を試みてたい。

定家本系では、『全評釈』（天福本・学習院大学蔵が底本、竹岡正夫著）を用いた。

塗籠本系では『竹取物語　伊勢物語』（日本古典全書　民部卿局筆写本、本間美術館蔵が底本、南波浩氏校註）を用いた。

伊勢物語の16首ある段を順次、検討していく。

1、定（三段）塗（三段）

多少の差異は認められるが、沓冠は共に成立する。

2、定（九段）塗（九段）

定では「句の上にすへて」、塗は「句の頭に据ゑて」などの違いはあるが、沓冠は共に成立する。

3、定（四十四段）塗（四十二段）

定家本の「この歌……腹に味はひて」までの、歌の後にくる地の文が、塗籠本には欠ける。折句は成立。

4、定（五十一段）塗（四十九段）

塗の方が、簡略だが大差ない。第一句「うつしうゑば」傍書に「うゑしうゑば」折句は成立。

5、定（六十段）塗（五十六段）

大差なく、折句は成立。

6、定（六十八段）塗（六十三段）

定、第四句「春の海辺」、塗「春のうみ江」とあるが、折句には影響なく、成立。

7、定（七十七段）塗（この段なし）

8、定（八十七段）塗（八十三段）

9、定（九十四段）塗（この段なし）

定、第二句「あるらし」、塗「あるらめ」とあるが、折句は成立。

10、定（百一段）塗（この段なし）

11、定（百五段）塗（百一段）

塗籠本の歌

白露はけなばきゑなんきゑずとも

玉にぬくべき人もあらじを

句頭しけきたび──句末はむもきを

（第二句は「きゑなむ」とした。）

この塗籠本の歌は第三句「きゑずとも」とあり、「はむてきを」の沓冠は成立しない。折句「し

50

問題となるのは、塗籠本に折句のある章段が欠けていることである。塗籠本では5段6首が

両者がある時点で分離したとすればよく原形を保っている。

折句に関しては、同一章段のある10段のうちこの一例のみなので両者の違いは少ないと言える。

これから言えることは、定家本も塗籠本も同一章段がある場合は、大きな違いはない。沓冠のうち沓不成立の塗籠本百一段も一字違いのためである。物名でも一字違いの不成立があるが、この一字の違いが折句の成立、不成立を分けてしまう。

以上をまとめると、15段16首のうち、

〇折句（沓冠も含む）成立　　　9段
〇沓冠のうち、どちらか不成立　1段
〇折句が不成立　　　　　　　　0段
〇章段そのものがない　　　5段（6首）

15、定（百二十四段）塗（百十四段）
ほぼ同一内容、折句は成立。

14、定（百十九段）塗（百八段）
ほぼ同一内容、折句は成立。

13、定（百十七段）塗（この段なし）

12、定（百十六段）塗（この段なし）

げきたび」のみの成立となる。

欠けているのが大きな特徴と言えよう。両者の総章段は、定家本百二十五段、塗籠本は百十五段で、十章段の違いがある。ただ単純な計算ではすまない面もある。『竹取物語　伊勢物語』（前出、南波浩氏校註）の比較表によれば、定家本にあり塗籠本にない章段は、次の十二章段である。

八、二十六、三十二、三十九、四十六、五十五、六十七、七十七、九十四、百一、百十六、百十七

（このうち、八段については、同一歌もあり他の章段と一体化しているから除外し、十一章段とする。　筆者注）

さて、ここで折句に関係する章段は次の五つである。

七十七、九十四（二首）、百一、百十六、百十七

塗籠本にない章段十一のうち、五つが折句を持つ章段である。なぜこれらが塗籠本にはないのか。十一のうち五つは決して少ない割合ではない。これは偶然などではなく、何らかの成立事情が絡んでいると見ていいだろう。

この五章段は、塗籠本から脱落したり、排除されたのだろうか。私はこの可能性は少ないと思う。他の十段の比較によれば、内容に大差はない。一字違いのものがあったり、地の文の違いは多少はあるにしろ成立している。又、排除される理由も見い出せない。これ以外の折句の歌を含む章段は差別されず存在している。脱落などでないとすれば、次の想定が導かれるであろう。

定家本と塗籠本とがある時点で分離し、その後、定家本の方にこの五章段が増補された。

この想定は、定家本の方が章段が多いのだから、塗籠本に脱落等がないとすれば、当然のこ

とと言えよう。要は、この増補と折句とが深い関連を持っていることである。この物語の作者（増補者）は、この物語に章段を加えようとした時、何らかの基準があったろう。その一つに折句の歌の章段を加えたいとの、作者の強い意志があったと思われる。さらに言えば、この五つの章段が伊勢物語成立後期の編入と見た場合、百十六段と百十七段のように連続して増補される例もあった。が、物語全体の調和や統一を重視し、適当な場所に挿入する方法を選ばざるを得ないとしたら、ほぼ同時期の各章段の編入であっても、ばらばらに分散、配置されたことだろう。連続した配置より、この方が折句の歌を含む章段であることが、容易には判明せず効果的だったかも知れない。

塗籠本と定家本との関係については、多くの議論がなされているが、このように定家本の方には折句の歌を含む章段が増補されたとするならば定家本より塗籠本の方が伊勢物語の祖型に近いと言えよう。

『伊勢物語塗籠本の研究』（市原愿〈すなお〉氏著）で、市原氏は塗籠本の古態性に関して、次のように述べている。

塗籠本の欠落章段は、通行本や他伝本の章段を合理的・統一的な見地から捨象したものでなく、為家本や定家本の章段構成の検討からしても、塗籠本が古態たる性格を包含していると言い得るのである。（一部引用）

この結論は「折句の歌」の検討からも私は支持できると思う。ただ、塗籠本八段などについて言えば、定家本系の方が、合理的・統一的な見地から見直しがされている可能性があり、こ

の点は項を改めて述べることにする。（「伊勢物語と地名　その遊戯性」参照）

（2）

定家本にあり塗籠本にない章段十一のうち、五章段は折句の歌を持っていた。では、残りの六段は折句の章段と何らかの関連があるのか、ないのか検討していく。

残りの章段とは、

二六、三十二、三十九、四十六、五十五、六十七　の六つである。

まず、二十六段と三十二段を検討したい。両段とも、折句を含む章段との関連は認められないようである。二十六段については、歌の表現が斬新で躍動感がある。「おもほえず」の歌、袖にみなとのさはぐ、もろこし舟のよりし、などとは新鮮な感動をもたらしたであろう。これに対し、三十二段の歌「いにしへの」は、やや民謡的で、内省的なものと言えよう。増補者は、この新旧二つの歌を取り込もうとしたのかも知れない。

次の三十九段については、関連性が認められる。伊勢物語で葬儀を扱った章段が三つあり、

三十九段——崇子内親王の葬儀、七十七段（折句の歌のある段）——女御多賀幾子の葬儀、七十八段——同じ女御の四十九日の法事である。七十八段は法事そのものよりは、その後の藤原常行と山科の禅師との交流が主な話題となっており、この段の直前に七十七段が置かれていることになる。ただ、この両段は、別々に構想されたようで、同一の人物の葬儀とは言え、

54

七十七段のつづきとして七十八段が書かれたという感じはしない。両者はそれぞれ独立して鑑賞されるよう作られているようだ。この七十七段とより関連が認められるのが三十九段の方である。

男が女車に相乗りして、葬儀を見物しようと出かけると、「あめしたの色好みの源至」が、その女車に蛍を入れる。その後、男と至とは歌のやりとりがある。

右の内容が、葬儀の場にふさわしくなく、ユーモラスな点がある。これは七十七段の「右馬頭なりける翁、目はたがひながら」のとぼけた所が似ている。又、歌の後の批評の文、七十七段「いま見れば、よくもあらざりけり。」三十九段「天の下の色好みの歌にては、猶ぞありける。」両段とも、業平、至の歌を「もう一歩だね」と判定しているのである。この両段の内容は別々だが、一方は内親王たかい子、他方は女御たかき子と、いずれも高貴な女性、名前も似ている、この三十九段が、折句の歌を持つ七十七段との関連は認めてよいと思われる。

四十六段に移る。この章段は、人の国へ行った男が「私のことはもうお忘れですか」と京の友に文を送り、それに答えた男が歌、「めかるとも」を送る内容となっている。この例も含めて、伊勢物語には遠方から京へ文を送る章段が五つある。九段と百十六段（折句の歌を含む章段）は、東国へ行った男の歌を京の思う人へ、十一段は東国へ行った男の歌を京の友達へ、十三段は武蔵の国の男と京の女との歌のやりとり、以上である。この五つの章段の中では、四十六段はやや特異な章段と言えよう。遠方から文を届ける男は皆東国へ行っているのに対し、「人の国」

どの地方だか不明であり、歌を詠んだのは京の男の方である。又、四十六段は男の親密な友情を扱ったものとして異彩を放っている。以上から折句を含む百十六段などとの関連は認められない。

次の五十五段については、短い章段なので全文を掲げる。

　昔、男、思ひかけたる女の、え得まじうなりての世に、
　思はずはありもすらめど　事のはの
　折りふしごとに頼まるゝ哉

これは、いつまでも未練をたち切ることのできない男の歌物語であり、多くの類似した章段もあり、特に折句の歌を含む章段との関連性があるとは言えない。

最後の六十七段に移る。この段は友達との和泉の国への逍遥の場面である。伊勢物語の逍遥の場面は五つあり、順に挙げると

○六十六段　津の国へ、兄、弟、友だちと
○六十七段　和泉の国へ、思ふどちと
○六十八段　和泉の国へ、複数人と、
　（折句の歌あり）
○八十七段　津の国へ行きて住む。兄、あるじ、他の複数人と、
　（折句の歌あり）
○百六段　龍田川のほとり　（大和国生駒郡）親王たちの所へ参上。

56

これら五つであるが、百六段は仲間内の逍遙ではないようで、前四者とは違うようで、これだけは短い章段である。六十六段、六十七段、六十八段は連続しており、六十六段と八十七段は、津の国、六十七段と六十八段は和泉の国と行く場所も似ている。又、六十六、六十七、六十八段は、男はただ一人のみ歌を詠んで、他の人々は詠んでいない。八十七段については、兄の衛府の長官が歌を詠み、主人の男が折句の歌を詠んでこの二人だけで終了している。以上の点からも類似性があり、六十七段と折句の歌を含む章段との関連は認められるであろう。

以上から、定家本にあり塗籠本にない章段十一の内、五章段は折句を持つ段として、二章段は折句関連の段として増補されたと思われるのである。これが認められれば、当然のことだが、塗籠本の方が古態を示していると言えよう。この両者が祖本から分かれ、独自に発展の道を進んだとしよう。塗籠本は定家本にない七段等の増補があったが、その増補された章段は多くはない。又、八、九段は定家本に比較すると、定家本の八、九段を合わせたものに、さらに「みやこ人」の歌の部分が付属しており、定家本四十五段の二つの歌、「行く螢」(塗籠本四十二)と「暮れがたき」(塗籠本四十三)が二章段になっているなどの差異はある。これらは独自の発展と見られる。例えば七段の場合、六段の芥川の次に置かれている。これは掠奪婚の同一テーマとしてまとめたものであろう。

これに対し、定家本は数多くの増補を受けている。折句の歌とは関連のない四章段(二十六、三十二、四十六、五十五)折句の歌を含む五章段(七十七、九十四、百一、百十六、百十七)、折句の歌はないがその関連二章段(三十九、六十七)が増補され、当然のことながら、章段の組

57

み替えも多くなったであろう。伊勢物語が主人公の初冠から終焉までの構成であったから、そ
の体裁を崩さずに加段する必要があった。紙面の余白などの問題もあったであろう。傾向とし
て、折句に関係ない章段は前半に、折句は後半にまとまっている。これは増補時期と関連があり、
大島本（次の項で詳述する）などを検討すると、折句に関係ない章段の方が早く組み込まれた
可能性があると思われる。

（3）

折句の歌に関して、塗籠本に続いて、広本系についても検討したい。

広本系では、「大島本」と比較し、『伊勢物語に就きての研究』（校本篇　池田亀鑑氏篇）を
用いた。

伊勢物語の15段16首を順次、検討していく。

なお、大島本の章段については、煩雑さを避けるため、「同段」又は「この段なし」とした。

1、定（三段）　大（同段）

多少の差異は認められるが、沓冠は成立。

2、定（九段）　大（同段）

定では「句の上に据へて」、大は「句の上に置きて」などの違いはあるが、沓冠は成立。

3、定（四十四段）大（同段）

二句、定（君がためにと）大（君をいはふと）の違いがある。定家本と大島本では歌自体の揺れが多いように感じる。又、この段では、後文（地の文）でも、「心とめてよますはこきあちはひえしもいてこし」と詳しい。折句は成立。

4、定（五十一段）大（同段）

定一句「植へし植へば」が大「うつしうへは」とある。古今集もこの二つが通用していたようである。折句は成立。

5、定（六十段）大（同段）

定「たちはなをとりて」が、「はなたちはなをとりてつかひ」とあり、大島本の方が歌の花橘に合わせてある。他は大差なく、折句は成立。

6、定（六十八段）大（同段）

歌が相違する、

定　雁なきて菊の花さく秋はあれど
　　　　春のうみべにすみよしのはま

大　かきりなき菊の花さく秋もあれと
　　　　春は（以下同じ）

7、定（七十七段）大（同段）

一、三、四句と異なるが折句は成立。

8、定（八十七段）大（同段）
定一句「ぬきみだる」　大「ぬきみたす」
この歌は古今集に業平朝臣の歌としてあり、第一句は「ぬきみだる」である。ここでも両者
の歌の違いが気になるが、折句は成立。

9、定（九十四段）大（同段）
○一首目（男の歌）
定五句「ちへまさるらん」　大「たちまさるらん」の違いはあるが、折句は成立。
（折句、はるややむ）（ん→むに読み換え）
○二首目（女の歌）
定　千ぢの秋ひとつの春にむかはめや
大　ちゝのはるひとつの秋にまさらめや
定家本と大島本とでは、一、二、三句の違いがあり、春と秋とが入れ替っている。このどちら
でも物語は成立するが、大島本の折句は不成立となる。

10、定（百一段）大（同段）
定一、二句「さく花のしたに」　大「さくらはなしたに」の違いがある。折句は成立するが、

定三句「あふ事は」　大「ある事は」
定五句「とふと」　大「いふと」
大島本は文末に「むかしの女御をはかくそ申ける」が付加されている。折句は成立。

この場合、大島本の「桜花したに」の表現は適切ではないであろう。ここは「藤の花」の題詠であるから、前文からの流れでいけば、定家本の「咲く花のしたに」が良い。ただ、大島本と同じ表現の本もあるから、単なる誤りとも言えない。「藤の花」を飾りつけたのではなく、大島本系はこれが元々は「桜の花」だったのかも知れない。桜と藤は咲く時期がずれるから、このままでは落ち着かない。

最終文「そしらすなりにけり」の後に、大島本には「おほきをとゝは…」の文がある。

11、定（百五段）　大（同段）

ほぼ同じ。沓冠成立。

12、定（百十六段）　大（この段なし）

13、定（百十七段）　大（この段なし）

14、定（百十九段）　大（同段）

同一内容、折句成立するが、大島本に『此段「或本在之」トシテノセタリ』とあり、この記述は大島本が増補された経過を説明するものとして、重大な意味を持つ。折句の歌を含むいくつかの章段が増補されたとの証拠となるであろう。

15、定（百二十四段）　大（同段）

ほぼ同じ、折句成立。

以上、まとめると、15段16首のうち

○折句（沓冠も含む）成立　　　　　　　12段
○沓冠のうち、どちらか不成立　　　　　　0段
○折句不成立（二首のうち一つ不成立）　　1段
○章段そのものがない　　　　　　　　　　2段

不成立なのは、大島本九十四段の二首あるうちの女の歌のみである。この点からは、大島本も、塗籠本も不成立は一首ずつと同じである。但し、大島本の方が歌の語句の揺れが多いようである。この九十四段の場合も、折句が成立しないのは、春と秋とが入れ替ったためである。定家本の「千ゞの秋」と大島本の「千ゞの春」とはどちらが古い形であろうか。「秋」ならば折句は成立するが、「春」ならば不成立である。

私はこの歌は定家本の方が歌物語として良いと思う。男の「秋の夜は春の日を忘れてしまうものなのですね」の問いかけに、「その通りです。春なんか値うちもありませんよ」では、「この歌はなかなかけれど、こまかにこそあらねど、時くものいひをこせけり」とあり、交流があるなかなかけれど、こまかにこそあらねど、時くものいひをこせけり」とあり、交流があるなかなので、あまりに冷淡すぎる感がある。「いやいや、春が一番ですよ」の方が、女の細やかな配慮が感じられよう。さらに歌の表現として、第四、五句は両者共通して「紅葉も花もとかな配慮が感じられよう。さらに歌の表現として、第四、五句は両者共通して「紅葉も花もともにこそ散れ」とあり、もし大島本の「千ゞの春」ならば当然「花も紅葉も」とした方が順序として自然であろう。広本系でこの本文を持つ本もある。この変更は、定家本の「千ゞの秋」が古い形であったことを示すものであろう。この章段は、男女がそれぞれ折句の歌を贈答し、

すぐれた歌物語となっていると思うのだが、大島本の作者は折句に気付かなかったのであろう。

但し、この作者（増補者としてもよい）は、折句に無頓着かと言うとそうではなく、四十四段などの後文（地の文）の詳しさを見ると、この段の折句に気付いていたと思われる。

次に、章段そのものがない点について検討する。定家本（天福本）にあり、大島本にない章段は三つある。

百十五、百十六、百十七

以上である。傍線を施したのは折句の歌を含む章段であり、これが二つあり、折句と増補との関連が窺える。

定家本にあり、塗籠本にない章段は、

○二十六、○三十二、○三十九、○四十六、○五十五、○六十七、○七十七、○九十四、○百一、百十六、百十七（傍線は折句の歌の章段）

これら十一章段であるから、このうち、大島本は九章段をすでに持っていたことになる（○印）。ここで、逆に定家本にない章段をみると、塗籠本（B段）、大島本（A段）のそれぞれ一章段のみである。三者の総章段数を比べると、多い順に定家本百二十五段、大島本百二十三段、塗籠本百十五段となる。

これらの総章段数の差はなぜ生じたのであろうか。先述したように塗籠本の章段が少ないのは、編纂者の恣意的な大幅な選別や、章段の大きな脱落があったとは考えにくい。とすれば、定家本、大島本に増補された章段があり、これまで縷縷述べてきたように、その増補には折句

の歌を含む章段を加えるとの基準があったのは明らかであろう。

先述したように、大島本の百十八、百十九段には『此段「或本在之」トシテノセタリ』とあり、大島本の増補者は、他本にこれらの章段があるのを見て転写している。百十八段は折句を含まないが、百十九段は短い章段ながら、この段の歌は物名の歌であり折句の歌でもある。しかも読者への謎かけもあるというすぐれた章段と思われる。

それでは大島本の増補者が見た本とはどのようなものだったのだろうか。百十八段の「玉かつら」の歌は、古今集巻第十四　恋四にあり、第四句は「たえ心の」と「たえぬことのは」の異本が存在している。定家本は前者、大島本は後者を採用しているので、大島本のある本とは非定家本系であった可能性が高い。百十九段に関しては、定家本（天福本）と同一内容だが、他本との差異は些少なのでこれだけで、定家本系からの転写とするのは無理である。「ある本」は同一本の場合と別々の場合も考えられるが、現時点では不明とするしかなかろう。どちらにしろ、大島本もある本も共通して、百十五（物名歌の段）、百十六（折句の段）、百十七（折句の段）の三段については持っていなかったことになる。

このうち百十五段についてであるが、折句の歌の段と同様に成立が遅れたことが分かる。眞名本にはこの章段がなく、広本系にも欠くものがあったり、越後本、小式部内侍本からの転写と思われるものもある。これらは、百十五段の成立が遅れたことを示すと思われる。この章段の歌は、古今集墨滅歌として、その詞書は「をきの井　みやこじま」とあり、作者は「をのゝこまち」である。この歌はたとえ墨滅歌であっても小町の物名歌として広く知られていたであ

ろう。業平と小町とは当時名高い歌人であり、この美男、美女を結ぶ物語がささやかれていたであろう。伊勢物語の二十五段などは、業平と小町の歌の贈答（但し、主人公は男と女）を設定するなど、この両者を結びつけようとする気運に触発されて構想されたと思われるのである。塗籠本には、この百十五段は存在するが、章段の配置が他本系と著しく異なり、前半部（十六段）となっている。塗籠本は後からの増補が少ない本ではあるが、これなどは、後の挿入と認められると思う。

このほか、物名歌を含む章段ではないが、他本と著しく章段の配置が異なるものがある。それは塗籠本七十六段（定家本では百十四段）であり、これなども増補されたものであろう。塗籠本は七段、十六段、この七十六段も同一テーマ、似たような章段の後に組み込む傾向が認められる。このことは福井貞助氏も『伊勢物語生成論』で「この本はとかく類似の内容の章段を並べようとする意図が他本に較べてかなり顕著である」と述べられている。

なお、この他に物名歌が追加されたと思われる例を紹介したい。それは二十段の後半部である。男の歌「君がため」に答えた、女の歌の部分である。女の歌「いつの間に」の歌の第五句「春なかるらし」には、「知らるかな」が隠されており、これは物名歌となっているのである。このことは池田亀鑑氏（前出「研究篇」P三二八）がすでに指摘している。私はこれは脱落などではなく、他本は早い成立段階で増補を受け、傳慈鎮筆本にはその以前の古い形を留めたものであると思うのである。

最後に大島本の増補に関する対応について述べてみたい。

大島本が他本から章段を取り入れた際に、他本に合わせて既存の章段を手直しするというのは少なかったと思われる。定家本と大島本との歌の揺れがあっても、一方が他方に合わせようとはしていない。そこには、わが伝本こそ古態を伝えるとの誇りが感じられる。先述したが、定家本と大島本では、「春と秋」とが入れ替っているが、広本系の神宮文庫文では、大島本の「千ゝの春」を生かして、四句を「花も紅葉」としている。これなども、一部改変しながらも、独自性を保つ姿勢が感じられる。

定家本にあり、大島本と塗籠本にない共通する章段は、百十六、百十七段の二つのみであり、これらは共に折句の歌を含む章段である。ここにも、折句と増補との深い関連があることの証となるであろう。

以上、定家本、塗籠本、大島本の折句を検討し、増補との関連を述べた。

三　伊勢物語と地名　その遊戯性

伊勢物語の地名には、特別な意味を持って物語と関わるものがあり、その工夫と遊戯性を徐々に明らかにしていきたい。

一、六段

（1）

（本文）

A　むかし、おとこありけり。女の、えうまじかりけるを、としをへて、よばひわたりけるを、からうして、ぬすみいでて、いとくらきにきけり。あくたがはといふ河をゐていきければ、草のうへにをきたりけるつゆを、「かれはなにぞ」となんおとこにとひける。ゆくさきおほく、夜もふけにければ、おにある所ともしらで、神さへいといみじうなり、あめもいたうふりければ、あばらなるくらに、女をばおくにをしいれて、おとこ、ゆみ・やなくひをおひて、とぐちにをり。「はや夜もあけなん」と思ひつゝゐたりけるに、おに、はや、ひとくちにくひてけり。「あなや」といひけれど、神なるさはぎに、えきかざりけり。やう

67

く 夜もあけゆくに、見れば、ゐてこし女もなし。あしずりをしてなけども、かひなし。

しらたまか　なにぞと人のとひし時

つゆとこたへてきえなましものを

B

これは、二条のきさきの、いとこの女御の御もとにつかうまつるやうにてゐたまへりける
を、かたちのいとめでたくおはしければ、ぬすみて、おひていでたりけるを、御せうとほ
りかはのおとゞ・たらうくにつねの大納言、まだ下らうにて、内へまいりたまふに、いみ
じうなく人あるを、きゝつけて、とゞめて、とりかへしたまうてけり。それを、かくおに
とはいふなりけり。まだいとわかうて、きさきのたゞにおはしける時とや。

（本文は『伊勢物語全評釈』竹岡正夫氏著による。但し、AとBに本文を分けたのは筆者）

この六段は、鬼一口の物語として有名な章段である。男は、女のもとへ何年も通うが、結婚
できそうもないので、女を盗み出す。やっとのことで連れ出すが、大変暗い所までやってきた。
芥川という河のほとりまで逃げて来ると、女は草の露を見て「あれは何ですの。」と男に尋ねる。
男は答える余裕もなく、行先も遠く、夜も更けたので、鬼が住んでいる所とも知らないで、雷
雨を避けるため荒れはてた蔵に女を入れて、戸口で見張っているが、夜が明ける前に、女は鬼
に一口で食べられてしまう。夜も明けてゆき、男はこれに気付くがどうにもならない。男は「白
玉か…」の歌を詠む。ここまでがA部のあら筋である。

B部では事の真相が明かされる。連れ去られた女は後の二条の后（この時点では若くてただ人であった）で、鬼に食べられてしまったのではなく、実は兄たちが泣いている女（妹）を見つけて救出したとする。このB部はA部と矛盾する所があり、後からの増補とする説が有力である。伊勢物語の文章は簡潔なため、もの足らないとする読者が書き加えたくなるような読者参加型の文章なのである。

六段の最初に戻り検討していく。この歌物語は、女を盗み出すとあるから掠奪婚を扱ったものである。ただ掠奪婚と言っても、いろいろなタイプがある。この場合は、「としをへて、よばひわたりける」とあるから、女の側も承諾の上のことと思われる。女が拒絶するような様子は、文中に見い出せない。

女を盗み出した男は「芥川といふ河」まで連れて行く。六段で唯一の地名（川の名）である。ここの芥川は奇妙である。この六段が歌物語として語られていたら、ここまで来て聞き手はどっと笑ったに違いない。文章として読んだとしても、読者は思わず吹き出してしまったろう。なぜ「芥川」なのかという視点が今日までの研究には欠けていたように私には思われるのである。やっと連れ出した先が芥川とは。芥川はゴミ川、ドブ川の意味があり、愛する男女の逃避行にふさわしくない川である。勿論、作者は承知していて、「ある川のほとり」でもなく、「芥川」を舞台として設定したのである。

この芥川の所在地について『全評釈』（前出）は、古来諸説があるとして、次の四説を挙げている。

（1）京都一条から内裏に流れ入り、二条で流れ出る大宮川説

（2）摂津国三島郡（現、高槻市）の芥川説

（3）芥の多く捨てられた野に近い川という説

（4）虚構の川とする説

以上の四つであるが、B部の「内へまいりたまふに」を重視すれば、都内であることは明らかであるから（1）となろう。B部は増補されたので考慮外とすれば（2）となろう。摂津国の芥川は『古代地名大辞典』によれば、

「当地および当地を流れる芥川は多くの和歌に詠まれている。当地は、平安貴族の遊覧地でもあり、都人に親しまれた地である…」（一部抽出）

とあり、当時の貴族たちは、「芥川」と言えば、この摂津国の芥川を思い浮かべたことであろう。

又、この芥川の「あく」が「飽く」に通じることから、

　　人を疾くあくた川てふ津の国の

　　なにはたがはぬ君にぞありける　（大和物語百三十九段）

このように、詠まれた地であるから、女を連れ出す地として適していないであろう。『全評釈』の挙げた四説については、AとB部に矛盾があり、どちらか決めかねる。

この作品を一体化したものと見た場合、（4）虚構の川とするのがよいと思われる。

これらの説を採るにしろ、芥川には二重の意味で連れ出す場所として適していないことを述べたが、もう一箇所、ユーモラスな所がある。芥川に続く文で、

草のうへにをきたりけるつゆを、「かれはなにぞ」となんおとこにとひける。

いかに高貴な女性とは言え露を知らないなどとは考え難い。しかし、この記述がないと、男の「しらたまか…」の歌に結び付かない。ここも重要な伏線の一つなのである。

これらのユーモラスな場面から、一気に緊迫した場面へと転換する。男は女を「あばらなるくら」に入れて、戸口で見張っているが、夜の明ける前に鬼に一口で食われてしまう。夜もようやく明けてゆく頃、見れば女はいない。ここで重要なのが「あばらなるくら」である。これも作者の工夫であり、単に「あばらなる家」などでは効果が薄い。続く本文はこうある。

あしずりをしてなけども、かひなし。

この後に、男の「しらたまか」の歌が続く。「あしずり」については、辞書によっては「足を地にすって、はげしく悲しみ嘆くこと」などとあるが、これは誤りである。『全評釈』などが指摘しているように、足と足とをこすり合わせる動作、両足をすり合わせる動作で悲しみを表わすとするのが正しい。なぜこれを問題とするかと言うと、この動作が、川や海で貝を探る動作と似ており、続く文「かひなし」や「しらたま」と関連するからである。

なお「足ずり」が、「貝をさぐる動作」と関連することは、次の文などによって見い出すことができよう。

かくたばかれて逃しつれば、手を打ちてねたがり、足摺りをして、いみじげなる顔に貝を作りて泣きければ、弟子の醫師どもはひそかにいみじくなむ笑ひける。

（今昔物語集巻二十四　女、醫師の家に行き、瘡をなほして逃げし語「角川文庫文」佐藤

（謙三氏校註による）

この文の「貝」は動物の貝ではなく、「べそをかく」ことであるが、貝の形をすることには変わりなく、「足ずり」と「貝」との関連は認められるであろう。

続く男の歌「しらたまか　なにぞと人のとひし時つゆとこたへてきえなましものを」も、貝との関連があろう。貝の住まない川には白珠、真珠などあろうはずもなく、場違いな質問と言えよう。但し、実際の女の問いかけは、「しらたまか」と尋ねたのでなく、草の上の露を「かれはなにぞ」と聞いている。女が初めから「しらたまか」と尋ねたとしたら、後の男の歌が生きてこないので、このような問い方になったのであろう。又、男は先を急いでいて、この女の問に答えていないが、「これは露ですよ」など答えていたら、男の歌がつまらなくなってしまうであろう。

さて、なぜ作者は芥川をこの物語の舞台に選んだのであろうか。不気味な雰囲気を演出したいのなら、別にいくらでもあったであろう。しかし、作者は「芥川」にこだわったのである。作者にはこの地名に特別な意味を持たせて作品に奥ゆきを出している。伊勢物語にはこのような地名（地名とは言えない場も含む）が見い出されるのである。

私案を述べよう。本文「あしずりをしてなけども、かひなし。」とあるが、

この「かひなし」は四重掛詞になっている。

1、甲斐がない。

2、貝がない。ここは芥川であるからである。ゴミ川、ドブ川には貝はいない。これを引き

72

出すために芥川でなければならなかったのである。

3、骸がない。死骸がないのは鬼に一口で食べられてしまったためである。もし血痕や体の一部でも残っていたら、B部のような展開にはならなかったはずである。この点については後に述べる。

4、穎がない。穎とは穂のままの稲、実がついた穂先のことで、当時の米穀を貯蔵する形である。ここはあれた蔵であるから、稲穂がないとするのである。

これらを成立させるために、作者は芥川やあばらなる蔵を設定したのである。あれた蔵は雷雨からの緊急避難として理解できる。芥川にも不吉な男女の道行きを暗示すると同時に、四重掛詞の一翼を担っていたのである。作者がわざわざ「芥川」の地に舞台を設定したのはこのためであったと知るのである。ここは地の文であるが、このような多重掛詞の例を私は知らない。

今まで指摘されているのは三重掛詞で、竹取物語の最終部分「ふし」の山、1「富士」山、2「不死」、3「富士」土が多い　の意味がある。

物語の祖である竹取物語は三重掛詞、それを引き継いだ伊勢物語は四重掛詞を用意したのである。

　　　（2）

続いて、これとよく似た説話を検討したい。

73

今昔物語集（本朝世俗部上巻、巻第二十七）
〈在原業平の中将の女、鬼に食はれし語　第七〉

今は昔、右近中将在原業平と云ふ人ありけり。いみじき世の好色にて、世にある女の形ち

るはしと聞くをば、宮仕人をも人の娘をも見残すなく、数を盡して見むと思ひけるに、或

人の娘の、形ち、有様世に知らずめでたしと聞きけるを、心盡していみじく懸想しけれども、

「やむごとなからむ智取をせむ。」と云ひて、親どものいみじくかしづきければ、業平の中

将、力なくしてありける程に、いかにしてか構へけむ、かの女をみそかに盗み出してけり。

それに忽ちにゐ隠すべき所のなかりければ、思ひわづらひて北山科の辺に、旧き山荘の荒

れて人も住まぬがありけるに、其の家の内に大きなる校倉(あぜくら)ありけり。片戸は倒れてなむあ

りける。住みける屋は板敷の板もなくて、立ち寄るべきやうもなかりければ、此の倉の内

に畳一枚を具して、此の女を具してゐ行きて臥せたりける程に、にはかに雷電霹靂してのゝ

しりければ、中将、太刀を抜きて、女をば後の方に押し遣りて、起きゐてひらめかしける

程に、雷も漸く鳴り止みにければ夜も明けぬ。然る間、女声もせざりければ、中将、怪し

むで見返りて見るに、女の頭の限りと着たりける衣どもとばかり残りたり。中将、あさま

しく怖ろしくて、着物をも取り敢へず逃げていにけり。それより後なむ、此の倉は人取り

する倉とは知りける。然れば雷電霹靂にはあらずして、倉に住みける鬼のしけるにやあり

けむ。

されば、案内知らざらむ所には、ゆめ〱立ち寄るまじきなり。況むや宿りせむ事は思ひ

かくべからずとなむ語り伝へたるとや。

（角川文庫本、前出。但し、一部の漢字を新字体に改めた、筆者）

この説話と伊勢物語六段とは大変よく似ている点が多く、平安時代中期以降既にこのような説話が流布していたと思われる。今昔物語は十二世紀初期の成立とされているから、伊勢物語からの影響もあろう。

ここでは両者の相違点に焦点を当てて述べることにする。

1、まず、地名や場所であるが、六段では芥川とあばらなる蔵で、今昔は北山科と旧き山荘内の校倉である。倉の方は同じようなものと考えてよい。芥川と北山科とではどちらが妥当か。伊勢物語はA、B部で矛盾があり、何とも言い難いが、B部のようにもし都の内から女を盗み出したとした場合、あまり遠くは行っておらず、たまたま参内途中の兄たちに救出されることになるが、これは相当無理な設定である。この点で今昔の方が自然な話の運びと言えよう。但し、「北山科」には「芥川」に込められたような特別な意味は見い出せない。

2、次に鬼の場面である。六段では丸ごと全部食べてしまうが、今昔は頭部と衣は残されている。今昔物語にはこの七話に続いて、八、九話と鬼に食われた話が続くが、それぞれ「足手」とか「血肉や髪などが付いた頭部、その他血痕」などが残されている。今昔のように何か証拠がなければ、鬼に食われたのか、逃げられたのかは判断できないであろう。もし、何か体の一部でも残っていれば六段のB部、無事救出は成立しない。もともとは、女が鬼に食われたという確信するに足る記述があったかも知れない。B部が増補されたとした場合、ただ文章を付け

加えるだけでなく、証拠隠滅を図った可能性は大であろう。

3、最後は、男の「しらたまか」の歌や、「かれはなにぞ」などの会話が六段にはある。伊勢物語は歌物語だから当然だが、今昔の方は男女の交流が感じられない。六段では女を失った男の悲しみが伝わってくるが、今昔は、男の恐怖心が強調され、最後に教訓めいた結語が付いている。

以上、三点を挙げたが、これらは、伊勢物語の持つ言語遊戯性と、今昔物語の現実的な写実性との違いと言えよう。

二、九段

（1）

（本文）

A　むかし、おとこありけり。そのおとこ、身をえうなき物に思ひなして、「京にはあらじ。あづまの方にすむべきくにもとめに」とてゆきけり。もとより友とする人ひとりふたりしていきけり。みちしれる人もなくて、まどひいきけり。みかはのくににやつはしといふ所にいたりぬ。そこをやつはしといひけるは、水ゆく河のくもでなれば、はしをやつわたせるによりてなむやつはしといひける。そのさはのほとりの木のかげにおりゐて、かれいひく

76

B

ひけり。そのさはにかきつばたいとおもしろくさきたり。それを見て、ある人のいはく、「か

きつばたといふいつもじをくのかみにすへて、たびの心をよめ」といひければ、よめる、

　　から衣きつゝなれにしつましあれば

　　　　はるぐゝきぬるたびをしぞ思ふ

とよめりければ、みな人、かれいひのうへになみだおとして、ほとびにけり。

ゆきくて、するがのくにゝいたりぬ。うつの山にいたりて、わがいらむとするみちは、

いとくらう、ほそきに、つた・かえではしげり、物心ぼそく、すゞろなるめを見ること、

思ふに、す行者あひたり。「かゝるみちは、いかでかいまする」といふを、見れば、見し

ひとなりけり。京にその人の御もとにとて、ふみかきて、つく。

　　するがなる　うつの山べのうつゝにも

　　　　ゆめにも　人にあはぬなりけり

ふじの山を見れば、さ月のつごもりに、雪いとしろうふれり。

　　時しらぬ山は　ふじのね　いつとてか

　　　　かのこまだらにゆきのふるらん

その山は、こゝにたとへば、ひえの山をはたちばかりかさねあげたらんほどして、なりは

しほじりのやうになんありける。

C

ゆきくて、武蔵のくにとしもつふさのくにとの中に、おほきなる河あり。それをすみだ河といふ。その河のほとりにむれゐて、「おもひやれば、かぎりなくとをくもきにけるかな」とわびあへるに、わたしもり、「はや、ふねにのれ。日もくれぬ」といふに、のりてわたらんとするに、みな人、物わびしくて、京に、思ふ人なきにしもあらず。さるおりしも、しろきとりの、はしとあしとあかき、しぎのおほきさなる、みづのうへにあそびつゝいをゝくふ。京には見えぬとりなれば、みな人見しらず。わたしもりにとひければ、「これなん宮こどり」といふをきゝて、

　　名にしおはゞ　いざ事とはむ　宮こ鳥
　　わがおもふ人はありやなしやと

とよめりければ、舟こぞりてなきにけり。

（本文は『全評釈』による。段落等、一部改めた箇所がある。A等の段分けも筆者による）

この九段は、「東下り」の段として、伊勢物語を代表する章段である。男は住むべき国を求めて東国にやってくる。新天地を求めて旅立ったにもかかわらず、男たちは遠くの都を思って涙ぐむばかりである。しかし、重苦しい内容ではなく、数々のユーモラスな場面、言葉あそび、言語遊戯性に富んだ章段なのである。

例えば、『日本のユーモア2古典・説話篇』（織田正吉氏著）は、「かきつばた」の折句等を述べた後に、九段の数字遊びについて、

文章の簡潔さが『伊勢物語』の特徴といってよいかと思われるが、『古今集』の詞書に比較して『伊勢物語』のこの段の文章のくどさはどうであろう。そのくどさは多分に「八橋といふところにいたりぬ。そこを八橋といひけるは、水ゆく河の蜘蛛手なれば、橋を八つわたせるによりてなむ、八橋といひける」という「八橋」あるいは「八つ」という「八」の繰返しによっている。

「八」はここで四度も繰返されており、それは「ひとり」「ふたり」と「五文字」のあいだに置かれている。『古今集』の詞書に「ひとり」「ふたり」「三河国」「八橋」「五文字」と数詞を含む名詞がたまたま一二三八五の順に並んでいるので、「八」を四度繰返すことにより、一二三四五としたのであろう。

以上、識田氏の文章を長々と引用させていただいた。伊勢物語は簡潔な文章だが、遊び心も忘れてはいないのである。この点に関しては、識田氏に同意できる。が、「八」が四度繰返されているから、四を示すとするがそれだけだろうか。

これでは、「八」が何回も繰り返された意味が生きてこない。八橋がこのように強調されるのは「から衣…」の歌に沓冠があることの暗示がある。（拙文「伊勢物語の物名歌について」参照）

私は「くも手」と「八橋」の間に、別の関連があると思う。くもの手足は八本であるから、「八はし」は「八あし」であると洒落ていると思われる。さらに、くもの胴には左右に四本ずつの手足がついている。八はくもの手足を示しているのではないか。

こんな所にも作者の遊び心が隠れていると思われる。　伊勢物語は章段によっては言語遊戯性に富んだ物語なのである。

さて、九段が「東下り」の章段として広く知られていることは先述した。この男を在原業平と比定し、実際に彼が東に下ったことがあったか等の議論もされている。しかし、これら従来の把握から別のところに「東下り」は存在していたのである。これから九段の持つ遊戯性と新しい解釈を徐々に述べていきたいと思う。

（2）

続いて章段の構成について述べると、九段はＡＢＣの三段に明確に分かれる。

A

むかし、おとこありけり。〜
（結び）　かれいひのうへになみだおとして、ほとびにけり。

B

ゆきゆきて〜
（結び）　なりはしほじりのやうになんありける。

C

ゆきゆきて〜
（結び）　舟こぞりてなきにけり。

Aは京を出発して、三河の国八橋の場面、Bは駿河の国宇津の山の場面、Cは武蔵の国と下総の国との間にある隅田河とに分かれる。これら三段の結びは、「落ち」になっており、誇張による笑いの落ちである。Aの乾飯は少量のなみだではふやけない。Bの塩尻については、こ

れを富士にたとえるのは誇張であろう。又、ここでは、富士山を比叡山と比べているから、これら雄大で神聖なものを、卑小、卑猥なもの、塩尻への降下の笑いとも言えよう。Cの「舟こぞりてなきにけり」は舟全体が泣いてしまった意味であり、悲しみのあまり舟も泣いているのである。舟も水に漬かれば濡れるが、これを泣いていると見立てたのである。塗籠本では「舟」

を「舟人」とするが、これではこの誇張が生きてこない。これら三者の「落ち」にはもう一つ共通点があり、これも作者の工夫と言えよう。それは「薄い塩水」である。ACはなみだ、Bは海水であるから、このような工夫は、作り物語の祖とされる「竹取物語」に前例がある。この伝統を伊勢物語も受け継いでいると言えよう。

簡単に「竹取物語」の例を挙げると、

1　石作の皇子　　　　　　　　　はぢをすつ

2　倉持の皇子　　　　　　　　　たまさかに

3　右大臣阿倍御主人<ruby>御<rt>み</rt></ruby><ruby>主<rt>う</rt></ruby><ruby>人<rt>し</rt></ruby>　　あへなし

4　大伴御行の大納言<ruby>御<rt>み</rt></ruby><ruby>行<rt>ゆき</rt></ruby>　あなたへがた

5　中納言石上麿足<ruby>石<rt>いそのかみの</rt></ruby><ruby>上<rt></rt></ruby><ruby>麿<rt>まろたり</rt></ruby><ruby>足<rt></rt></ruby>　かひなし　かひあり

このうち、3阿倍御主人の「あへなし」が氏名を使った洒落であるが、他の四つはかぐや姫の難題（宝物）に関するもので統一されている。最後の求婚者である帝も富士山で不死の薬を焼くから、これも宝物で落ちを付けていると言えよう。

（3）

次に九段の成立について述べる。ABC三段のうち、ACは早く成立し、B部は後補されたとする説が有力である。AとCとは古今集に同じような詞書を伴った歌があり、Bについては、小式部内侍本にこの一部が別に独立して伝わっているので、B部は増補されたとするのは肯定できよう。（古今集と小式部内侍本の部分は後に掲げる。）

片桐洋一氏（『鑑賞日本古典文学・第五巻伊勢物語・大和物語』）は、B部を二つに分け、その前半部「駿河なる」の歌までの部分の評解で、ここは後補の部分らしいとし、三つの理由を挙げている。第一は、大島家旧蔵伝為氏筆本の末尾に付加された小式部内侍本では、九段とは独立して存在している。第二は、九段では「御もとに」とあるが、小式部内侍本では「御」が付いていない。九段の位置に置いたときに「御」を付ける必要が生じたのであろう。第三に、「駿河なる」の歌は業平の作風と合わず、『西本願寺忠岑集』に類歌があるように古今集撰者時代以後の作であろう、以上要点のみをまとめた。

さらに、片桐氏はB部の後半部「富士山を見れば」から「なりは塩尻のやうになむありける」

についても、「この部分はいわゆる第二次『伊勢物語』に属すると見られる。」と述べている。

この見解のうち、AC部が先にあり、B部が後の増補とすることに異論はないが、一部賛成できかねる点がある。まず段分に関して、片桐氏は、この『鑑賞古典文学』本では、Bを二分して評解を加えているから、四段分けが相応しいと考えているようである。又、『全評釈』では、その「評」で、次のように述べている。

この九段は、一般に言われているように、（1）八橋の段、（2）宇津の山べの段、（3）富士山の段、（4）都鳥の段の四段から成っている。

以上である。この九段は通説は四段分けとなっているようだが、先述したように言語遊戯的な「落ち」から見て、三段が相応しいと思われる。四段に分けるのは、B部の有機的な意味を捉えきれていないのである。（この点は後に詳しく述べる）

次に、片桐氏の言う小式部内侍本では九段とは別の形で存在していたとする点である。別の形で存在しているのはその通りであるが、現伊勢物語とは大部違う部分もあり、なぜ変容されたかの成立過程は明らかでない。たとえ、この小式部内侍本の部分を利用したとしても、なぜ「なかそらに…」の歌が除外され、B部の後半の「時しらぬ…」の歌が必要とされたのか。とりわけこの歌の入れ替えは重要と思われ、これが合理的に説明されねばならないと私には思われるのである。

古今集、小式部内侍本の該当する部分を挙げ、検討していく。

a

あづまの方へ、ともとする人ひとりふたりいざなひていきけり。みかはのくにやつはしと
いふ所にいたれりけるに、その河のほとりにかきつばた、いとおもしろくさけりけるをみて、
木のかげにおりゐて、かきつばたといふいつもじをくのかしらにすゑて、たびの心をよまんと
てよめる　　在原業平朝臣

唐衣きつゝなれにしつましあれば
はるばるきぬるたびをしぞおもふ

（『日本古典文学大系』佐伯梅友氏校注による。古今集巻第九　羈旅哥 410）

b

むかしおとこすゝろなるみちをたどりゆくにするかのくににうつのやまくちにいたりてわか
いらっとするみちにいとくらうほそきにつたかへてはしけり物こゝろほそくおもほへて
すゝろなるめをみる事と思ふにすきゆくにさしあひたりかゝるみちにはいかてかいまする
といふをみれはみし人なりけり京にその人のもとにとてふみかきてつく
なかそらにたちゐる雲のあともなく
身のいたつらになりぬへきかな
とてなんつけゝるかくておもひゆくに
するかなるうつみの山のうつゝにも
ゆめにも人にあはぬなりけり
とおもひゆきけり

（『伊勢物語に就きての研究　補遺篇　大津有一氏編』大島氏旧蔵伝為氏筆本による）

c

　　むさしのくにと、しもつふさのくにとの中にある、すみだがはのほとりにいたりて、みや
　このいとこひしうおぼえければ、しばし河のほとりにおりゐて、思ひやればかぎりなくと
　をくもきにける哉と思ひわびて、ながめをるに、わたしもり、はや舟にのれ、日くれぬと
　いひければ、舟にのりてわたらんとするに、みな人ものわびしくて、京におもふ人なくし
　もあらず、さるおりに、しろきとりの、はしとあしとあかき、川のほとりにあそびけり。
　京にはみえぬとりなりければ、みな人みしらず、わたしもりに、これはなにどりぞととひ
　ければ、これなん宮こどりといひけるをきゝてよめる
　　　名にしおはばいざこととはむ宮こどり
　　　わが思ふ人は有りやなしやと

（古今集巻第九　羈旅哥411）

双方を比較して見ると、古今集aには、
1、冒頭文「むかし、男ありけり」と、その結び「ほとびにけり」の「落ち」がない。これは、
　aは歌の詞書であるから当然のことと言える。
2、「ともとする……いざないて」とあり、友人を誘って行ったのであろう。Aの「身をえう
　なきものに思ひなして、」「京にはあらじ」とする悲愴感がない。

3、三河国八橋（現在の愛知県知立市八橋町――『古代地名大辞典』による）の地名は共にあるが、「くもで」などの記述はない。但し、数字が近接して現われるので「一、二、三、八、五」の遊び心は伝わる。

4、Aは「歌を詠め」とあるが、aは自らの意志で詠んでいる。即興性からはAの方が効果的であろう。

続いて、古今集cでは、

1、B「ゆきくて」と前部分を受けるが、b「むかし」で始まる。これはbが冒頭文のためである。

2、B「うつの山」なのに対し、bは「うつの山口」とあるが、双方とも「わが入らむとする道」との記述があるから、大差ないと言えよう。

なお、『古代地名大辞典』は、「うつやのごう　内屋郷」の項に、平安期に見える郡名で、現在の静岡市宇津ノ谷・丸子・鎌田付近に比定されるとある。この宇津峠から約六〇㎞北東に富士山があり、当然のことだが旅人の目に映ったであろう。

3、b「すきゆくにさしあひたり」は誤写で「すきやうさ」（修行者）が正しいと思われる。

1、段の冒頭文「ゆきくて」と、その結び「舟こぞりて…」の「落ち」がない。

2、都鳥の描写がCがやや詳しい。

以上A部に比べてC部の差異はきわめて少ないと言えるだろう。

次はB部に移る。

86

4、B「その人の御もと」　b「その人のもと」敬語の有無。但し、塗籠本では「もと」とある。

5、託した歌B「するがなる」に対し、b「なかそらに」で大きな相違がある。

6、Bは「ふじの山を見れば…」から、結びの「しほじりのやうになんありける」があるが、bはこれらを欠く。Bは「なかそらに」の歌を欠く。

7、b「するかなる」の歌の第二句「うつみの山の」は地名が合わず、誤写と思われる。B「うつの山べの」が良い。

以上、三者を比較したが、古今集ａ・ｃの差異は少なく、特にｃはほとんど同じと言って良いほどである。これからＡＣ部が初めにあり、その中間にB部を挿入したことは想定できる。但し、小式部内侍本にあるb部がＡＣ部と独立して存在していたとしても、これを単に利用し、さらに富士山の場面を追加して九段を組み立てたとすることはできない。b部は地理的にも、主人公の心情にぴったりと適合しているから、そのまま使えよう。しかし、この場合、問題となるのは、B部の比較部分の5、6であろう。すなわち、伊勢物語九段に「なかそらに…」の歌がなく、なぜ富士山を詠った歌「時しらぬ…」が添加されたのかの疑問が出てくるであろう。これが解明されねば、九段の成立論は完成しない。

（4）

さて、次になぜこれらの部分が統一されたかの私案を述べたい。現九段は、三河―駿河―武

蔵という地域的な流れを辿り、旅の節目となる橋—峠—川の場面を押さえている。その他に、私はこの章段の構成に統一の原理が働いていると思うのである。九段には四つの歌があり、そのうち三首は都を思い、妻を慕う内容であり、残る一首は富士の嶽の「中空に…」の歌である。なぜ、富士の嶽が登場しなければならないのか。又、なぜ、小式部内侍本の「中空に…」の歌でなく、この歌なのか。従来は東下りの途中、富士山が見えたとする。これだけではないと私には思えるのである。この疑問に答えることが、この章段の構成を解明することにつながることとなる。

この疑問を解く鍵は、私は地名にあると思う。九段にはいくつもの地名が使われているが、それらを総括する「東」がキーワードになっていると思う。東は吾妻であり、ここには古事記の東征神話からの連想が働いているというのが私の仮説である。いわば、この昔男のモデルは倭建命と考えられるのである。古事記には次のようにある。

それより入り幸でまして、悉に荒ぶる蝦夷等を言向け、また山河の荒ぶる神等を平和して、還り上り幸でます時、足柄の坂本に到りて、御粮食す處に、その坂の神、白き鹿に化りて來立ちき。ここにすなはちその咋ひ遺したまひし蒜の片端をもちて、待ち打ちたまへば、その目に中りてすなはち打ち殺したまひき。故、その坂に登り立ちて、三たび歎かして、「吾妻はや。」と詔りたまひき。故、その國を號けて阿豆麻と謂ふ。

（岩波文庫『古事記』倉野憲司氏校注による）

ここは倭建命の東征の場面である。倭建命は、父景行天皇にその力強さのゆえに嫌われ、熊曾や出雲を平定するが、帰宮すると重ねて東征を命ぜられる。その帰途、足柄山で、妻の弟橘

88

比賣を偲んで、三たび嘆く場面がここである。

九段と共通すると思われる点は、

1、倭建命は三度「吾妻」と歎いたが、男には「妻を慕う歌」が三首ある。これに該当しない「中空に…」の歌が除外された理由である。

2、古事記の「御粮食す」は、九段の「かれいひくひけり」に対応している。伊勢物語全体で食事の場面は、この九段と二十三段等数箇所のみで珍しい記述と言えよう。（酒宴は除く）

3、倭建命は「足柄山の坂本に到り」、男は「うつの山の入口」まで来ている。足柄山と宇津の山は、別々の山だが、共に富士山を近くに臨む地であり、共にその入口にいる。九段が宇津の山としたのは、「するがなる…」の歌の「うつゝにも」（第三句）を生かすためだったと考えられる。又、うつの山は、倭建命が火攻めに遭った焼遣、現在の焼津市の近くでもある。

4、倭建命は坂の神の化身である「白き鹿」に突然襲われるが、男は、「修業者」に偶然逢う。修業者は俗人ではないから、白装束か、墨染めの衣を着ていたか。どちらにしろ、白き鹿の目に中りて…」とあるが、九段にもこれに対応したと思われる文があること。

5、古事記の文「その坂の神、白き鹿に化りて…。蒜の片端をもちて、待ち打ちたまへば、そ

つた・かえではしげり、物心ぼそく、すゞろなるめをみることゝ思ふに、す行者あひた

り。「かゝるみちはいかでかいまする」といふを見れば、

○「つた・かえで」は聖植物であり、聖なる山に入る、又は「修業者」との出会いの先触

れとなっている。

○め――「目」と「芽」の掛詞

○みる――「見る」と「韮」は音が通じ、「蒜」と似た植物である。

○「か」の音を多用して鹿を連想させ、そのまま倭建命の心情として通じる。

6、男の歌「駿河なる…」の歌は、「時しらぬ…」の歌に結びつける。

7、男の歌「時知らぬ…」は、倭建命の出会った坂の神の化身、「白い鹿」を登場させたかったと考えられること。白い鹿は殺され、化けの皮をはがされたが、「修業者」はそうはいかない。その代用として、富士の嶺は皮をはがされ、「鹿の子まだら」と洒落ていると考えられる。この歌は単なる叙景歌なのではなく、作者は「白い鹿」をどうしても登場させたかったのである。

以上であるが、このような把握ができるとするなら、先に述べた疑問、なぜ四首の中に富士の嶺を詠う歌があるのかは了解できよう。又、小式部内侍本の「中空に…」の歌が脱落した理由も判明する。この歌は、男の妻を慕ぶ歌でもなく、さらに倭建命の心情にも合わないからであろう。

（5）

これら以外にも、倭建命をモデルにしたと思われる点が、男の旅立ちの文からも見い出され

る。九段の冒頭部は次のようにある。

京にはあらじ。あづまの方にすむべきにもとめにとてゆきけり。

しかし、男は都を恋しく思うだけで、新天地を求めて行くという意気込みが感じられない。これは倭建命の旅立ちとよく似ていると思われるのである。「父は私に死ねと言うのか」が、倭建命のもらした言葉であり、効をたてても報われないとする心情がある。

さらに、本文の続きは、

もとより友とする人ひとりふたりしてゆきけり。

右の一文にも作者の工夫がある。「もとより友とする」の部分は、「友」「とも」の二つの本があり、「友」なのか「供」なのかの議論もされている。又「ひとりふたり」の部分も二様の解釈ができる。これを倭建命の旅立ちだとしたら、

もとより供とする人ひとり、ふたりしてゆきけり。（訳、もともとからの従者一人と二人で旅立った。）

倭建命は軍衆を賜わることができず、一人の供と旅立っている。このような解釈も可能なように工夫している。古今集a部では文は似ているが、このような解釈は無理である。作者は単に古今集を利用したのではなく、細かいところまで配慮していると言えよう。

以上のことから、昔男のモデルは倭建命と考えられるのである。勿論、古事記との相違もあるが、モデルがすべて似ていなければならないというわけではなかろう。もともと、倭建命はいわば東下りの大先輩であり、この伝承が昔男の東下りに影響していても不思議ではない。伊

勢物語の東下りが、後世の文学に多大な影響を与えたように、倭建命の東征もこの物語に影を落としているのである。倭建命は、古代天皇制社会から疎外され、東征とはいっても、しだいにその猛々しさは失われ、むしろさまよいに近いと言われている。この点、昔男の東下りも同様に、貴族社会から疎外された男のさまよいと言えるのではなかろうか。

三、十段

（本文）

むかし、おとこ、武蔵のくにまでまどひありきけり。さて、そのくにゝある女をよばひけり。ちゝは「こと人にあはせむ」といひけるを、はゝなんあてなる人に心つけたりける。ちゝは、なおびとにて、はゝなんふぢはらなりける。さてなんあてなる人にと思ひける。このむこがねによみてをこせたりける。すむ所なむいるまのこほりみよしのゝさととなりける。

みよしのゝたのむのかりも　ひたぶるに
きみがゝたにぞよるとなくなる

むこがね、返し、

わが方によるとなくなる　みよしのゝ
たのむのかりを　いつかわすれん

となむ。人のくにゝても、猶かゝることなんやまざりける。

この章段は、東へ下って行った男に対し、現地の藤原氏出身の母親が、自分の娘の婿にしよ
うと求婚の歌を贈り、男もそれに応じた歌を詠むという内容になっている。母親の歌は、娘を
田面（頼むと田面は音が通じる）の雁にたとえるなど田舎っぽい。男の歌にしても『全評釈』
が指摘するように「いつか忘れんだけが男自身の言葉」であり、「きみが」と「わが」を言い換え、
各句の順序を入れ替えただけのものである。この男の歌の手軽さにユーモアが感じられる。

もう一つ、ユーモラスな点がある。それは地名である。この地は、武蔵国入間郡みよしの
里とある。『伊勢物語全釈』（森本茂氏著）に詳説があり、「埼玉県川越市、入間郡坂戸町（現
在は坂戸市…筆者注）か」としている。

私はここで、新しい視点を導入したい。それはなぜ作者はこのように詳しい地名を書き込ん
だのかという点である。作者はこの地名を意味なく用いたのではあるまい。伊勢物語の地名は、
「奈良の京、春日の里」「河内の国、高安郡」などのように「○○国の○○里」のように普通は
二段止まりである。十段のように三段地名は三箇所しかない。

1、武蔵の国、入間の郡みよしのの里（十段）
2、和泉の国、住吉の郡住吉の里、住吉の浜（六十八段）
3、津の国菟原郡芦屋の里（八十七段）

2は伊勢物語中、もっとも長い地名（地点も含む）で、地点を含めれば四段地名とも言える
だろう。この場合、もっと簡略にすませることができたが、そうはしなかった。なぜか、答え

は簡単である。「住吉」を繰り返すことによって、「この浜のすばらしさ」を強調しているのである。

3については、次に「芦の屋の…」の歌があり、この古歌の詠まれた地を詳しく紹介するためであったろう。

それでは問題の1はどうか。ここも地名の特別な使われ方をしていると思われる。入間は「男がこの場に入っている間」、もっと簡明に「男がこの地にいる間」でもよい。男は貴種とはいえ、この地にさまよって来た者ゆえ、婿取りしようにも渡り鳥のようにいつ飛び立ってしまうか、分からない。

藤原氏出身の母親は、自分の娘を「雁」に喩えたが、すばらしい着想であると思う。なぜなら、娘が雁なら、相手の男も雁（仮）になるではないか。母親は男がこの地に定着する者でないことは知っている。それでも妻合わせようとしているのである。「源氏物語」の明石入道にも勝るとも劣らない貴種への執着がある。

「郡」は掛詞で「子欲り」と読める。貴種の子種が欲しいということである。

「みよしのの里」は「見良しのの里」と読め、見た目が良い、すなわち美人の里ぐらいの意味であろう。

これらから、「男がこの地にいる間に、子種の欲しい美人の里」の意味があろう。これも地名を使った言語遊戯の一つなのである。

四、十二段

（1）

（本文）

むかし、おとこ有りけり。人のむすめをぬすみて、むさしのへゐてゆくほどに、ぬす人なりければ、くにのかみにからめられにけり。女をば、くさむらのなかにをきて、にげにけり。みちくるひと、「この野は、ぬす人あなり」とて、火つけむとす。女、わびて、

　　むさしのはけふはなやきそ　わかくさの

　　つまもこもれり　われもこもれり

とよみけるを、きゝて、女をばとりて、ともにゐていにけり。

この章段の地名は「武蔵野」である。女の詠んだ歌は、古今集にあり初句が「春日野は」である。作者はなぜ武蔵野を選んだのだろうか。私はここにも言語遊戯があると思う。男は、女を盗んで武蔵野までやってくる。なぜ武蔵野なのか、それは「蒸さし野」だからである。男と女は、この地で蒸し焼きにされそうになった。古事記の倭建命のパロディとも言えよう。「むさす」は「蒸す」に使役の助動詞「す」が付いた形で、（国司などが）焼かせる野となろう。

（2）

地名については以上だが、この章段の解釈の問題に触れてみたい。

1、ぬす人なりければ、くにのかみにからめられにけり。

この部分で、通説は「盗人なので国司に捕えられてしまった」である。これに対し、竹岡正夫氏（『全評釈』）は、

（法の上では）盗人なものですから、国守に禁固の刑に処せられることになってしまいました。

竹岡氏は「からめられにけり」のうち、完了の「に」（終止形は「ぬ」）は、実際の事態はまだ完了もせず済んでいないで、そういう結果に向かってそうなる、なっていくというような捉え方を表していると解している。この方が話のつながりが良い。国司に捕えられ、女だけ草むらに置いて逃げるのはつじつまが合わない。ここは竹岡氏説を採りたい。

2、みちくるひと、「この野は、ぬす人あなり」とて、火つけむとす。

ここは、「みちくるひと」を「通行人」「国司の役人」の二説があるが、どちらにしても、構想上、無理がある。それは「火を付けた」なら、危険きわまりなく重罪を犯すことになろう。野焼きは、枯れ草をとり除き、新芽の生長を促すものなのである。害虫駆除のためもあろう。これは時期を定め、大勢の人々の管理下で行われるものなのである。しかし、物語上、女の歌「けふはなやきそ」を生かすためにはこのような展開になったのであろう。野焼きの場面の歌を転用した

ための無理と言えよう。

3、女をばとりて、ともにゐていにけり。

この文は、主体が不明確なため、いくつかの解釈の余地があり、主なものを挙げると次の三説となろう。

イ、男も女も捕えられた。（大津有一氏「日本古典文学大系9」）

ロ、女だけつかまる。（渡辺実氏「新潮日本古典集成　伊勢物語」）

ハ、男も女も逃げ去った。（折口信夫氏「ノート編　第十三巻」）

これらのうち、現代の注釈書の多くはイ説を採っているようである。先に「からめられにけり」で新解を出した竹岡氏もこの意見である。但し、このイ説での欠点は、男が捕えられたのか、逃げたのか明確でない所である。本文「女をばとりて」を「（役人が）女をつかまえて」とするのはよいとしても、「ともに」があるから男も捕えられたとするのは無理がある。

ロ説も『古注』からある解釈で、渡辺実氏は、「伊勢物語」（前出）の頭注で、この段は、筋の作りに難があり解釈を分かれさせているとし、イ説、ハ説ともそれぞれが一理あるが辻褄を合わせるのは無理だろうと述べ、六段と同趣向の創作と見ている。渡辺氏は、この部分を「駈落ちしてつかまり、男と割かれて連れもどされる女」、六段も「連れもどされる女」を描いたとするのである。この口説は、イ説に比べると矛盾が少ないように思える。但し、両説とも女の歌「武蔵野は…」が生きてこない点では共通している。この女の歌は、男への愛情表現である。男は自分を置きざりにして逃げて行った。しかし、これを聞いて、男は舞い戻り女の手を

取り一緒に逃げたのだった。

ハ説、折口氏のように解釈しないと、女の歌はただ自分の居場所を知らせるだけのものとなつ
てしまうだろう。私としてはハ説を支持したいが、本文「女をばとりて、ともにゐていにけり」
の主体が不明確なため断定は避ける。

先に「武蔵野」には掛詞で「蒸さし野」の意であるとしたが、場所が場所だけに、読者を煙
に巻こうとしたのかも知れない。

五、十三段

（1）

（本文）

　昔、武蔵なるおとこ、京なる女のもとに、「きこゆれば、はづかし。きこえねば、くるし」
とかきて、うはがきに「むさしあぶみ」とかきて、をこせて、のち、をともせずなるにけ
れば、京より女、
　　むさしあぶみ　さすがにかけてたのむには
　　とはぬもつらし　とふもうるさし
とあるを見てなむたへがたき心地しける。

98

　とへばいふ　とはねばうらむ　ゝさしあぶみ

かゝるおりにやひとはしぬらん

　この章段の「むさしあぶみ」とは、武蔵国産の鐙、足を乗せる馬具で、「あぶみ」に「逢ふ身」の意もある。女の歌の「さすが」も馬具で鐙を止める尾錠のことで、ここも掛詞で、鐙をさすがに掛けると、然すがに掛けるの意がある。

　武蔵に住む男が、京の女に手紙を送った。その手紙に「武蔵鐙」と上書きしてあった。なぜこのようなことを書き付けたのであろうか。通説は、「鐙」にあふ身の掛詞があるからして、「武蔵国で別の女性ができました」の意味を表すとしている。

　竹岡正夫氏（『全評釈』）は、

　男の「聞ゆれば、恥づかし」という文言から、武蔵の国で現地妻のできてしまったわが身の事を、京のもとの妻の耳に入れようとしても顔向けのできぬ思いで、直接に申し上げにくいと言っている心情が了解される。

　この説の欠点は、新しい別の女がどこにもでてこないことであろう。たとえ、この男が京出身の男で、任地である武蔵で新しく女を妻としても、京に妻を残してきたのなら、それを自ら報告するだろうか。地方官が赴任する時、妻が同行しなければ、現地妻ができても、何ら問題はない。わざわざ報告することではない。

　又、この説では、続く女と男の歌には合致しない。特に「かゝるおりにやひとはしぬらん」

とまで言っている。男にはもっと切迫した心情が感じられるのである。

私案を述べてみたい。「武蔵」には先の十二段で述べたように「蒸さし」「咽さし」の意味が掛詞であると思われる。「くすぶる」「くゆらす」で、男女間で言う「焼け木杭」である。「む

さしあぶみ」は「焼け木杭」に火がつく恐れの身となろう。

このような解釈ができるなら、新しい女は必要なく、男女の歌とも付合する。

女の歌……問うて下さらないのも（私を）忘れたかと思うとつらい。問うて下さるのも（私

にも事情があることゆえ）わずらわしい。

男の歌……（私が）便りを出すと（わずらわしいと）言うし、便りを出さなければ恨む。こ

の男女は今は武蔵と京に別れて住んでいるのだが、元々は夫婦でなんらかの事情で別れ別れに

なっているのであろう。しかし、互いに相手への愛情を断ち切れない心情を表わしたものであ

ろう。

（2）

もう一つこの章段には作者の工夫、言語遊戯がある。冒頭部分、

きこゆれば、ゝづかし。きこえねば、くるし。

ここを、漢字混じり文で書くと、

聞ゆれば恥づかし。聞えねば苦し。

男の手紙は右のように書かれていたと思われる。ここに、「聞」と「消」の掛詞があると思われるのである。すなわち、「(焼け木杭の火が) 消ゆれば恥づかし。消えねば苦し。」となる。

○お手紙を差し上げるのは、(未練があるのかと思われて)、恥ずかしい。差し上げないのは苦しい。(表面上の意味)

○ (あなたの愛情の火が) 消えているのなら、このような手紙をいまさら差し上げるのは恥ずかしい。消えていないのならば、(逢うこともできず) 苦しい。(掛詞による意味)

このように解釈することによって、それ以後の男女のやり取りがより理解できると私には思われるのである。

伊勢物語には、地の文にも掛詞が認められるのが特徴と思われる。この場合、ひらがな書きと漢字混り文では、大きく違う。

○ひらがなのみ

　きこゆれは、ゝつかし。きこえねは、くるし。

○漢字混り文

　聞ゆれは、恥かし。聞えねは、苦し。

これらを口語訳すると、

掛詞の場合、この差が大きいから、ひらがなの方は成立しない。この章段の場合、「むさしあふみ」と上書きし、漢字混り文で記されていたと思われる。手紙の上書きとしては「むさしあふみ」は極めて特殊で、文面にも工夫があったのである。漢字書きのみ掛詞がある例は珍しく、

101

これまで作者の工夫が発見されなかったのはこのためである。

六、二十三段

（本文）

Ａ

むかし、ゐなかわたらひしける人の子ども、井のもとにいでゝあそびけるを、おとなにな
りにければ、おとこも女も、はぢかはしてありけれど、おとこは、「この女をこそえめ」
とおもふ、女は、「このおとこを」とおもひつゝ、おやのあはすれども、きかでなんあり
ける。さて、このとなりのおとこのもとより、かくなん、

　つゝ井つの　ゐづゝにかけしまろがたけ
　すぎにけらしな　いも見ざるまに

女、返し、

　くらべこしふりわけがみもかたすぎぬ
　きみならずしてたれかあぐべき

などいひくて、つゐにほいのごとくあひにけり。

この章段は、ＡＢＣの三段落に分けて考察したい。（但し、Ｃは便宜上Ｃ１とＣ２とに分け
て記載）この二十三段は、「筒井筒」「幼い恋が成就する」歌物語として、伊勢物語の中でも、

九段の「東下り」と並んでよく知られている章段である。ここでも地名が特別な意味を持って巧みに使われている。その地名の役割や、この段の成立、その他の問題についても順次述べてみたい。

（1）Aについて

まず、冒頭文に注目したい。「むかし、ゐなかわたらひしける人の子ども、井のもとにいでヽあそびけるを……」は伊勢物語の書き出しとしては特殊で、文が長いこと、親の職業を示していること、それにもう一つ「ゐ」を強調していると見られることが特徴として挙げられる。ここはもっと簡単に、例えば「むかし、人の子ども、井のもとにいでてあそびけるを……」でも良かったはずである。とすれば、このように詳しく描写した作者の意図があったと思われる。

「ゐなかわたらひしける人」から、検討していく。『田舎渡らひしける人』の意味は、『全評釈』が述べているように、「田舎で暮らしを立てそこで生きている人」の解が適切であろう。但し、田舎で生まれ育った人のことではないようである。何らかの都との深い結び付きが認められる人を言うと思われる。伊勢物語の作者には田舎蔑視の傾向があり、「田舎育ち」の者は教養、品格も一段下がると認識していたようである。これは伊勢物語の作者に限ったことではなく、当時の物語作者の多くに共通する意識である。ここでは特に女主人公の教養、品格の説明のため、当時の物語作者の多くに共通する意識である。ここでは特に女主人公の教養、品格の説明のため、この女性は、「髪上げ」をし、歌も詠み、自らの意志を貫き男と結婚した、

すばらしい女性として描かれている。このため、単に土着の女性として描くのを避けたのであろう。

では、「田舎渡らひしける人」とは、具体的にどのような職業なのであろうか。諸説あり定まらないが大別すると、次の二説になる。

1、商人。商人とすれば、都と田舎とを結ぶ運搬業、卸業、小売業を兼ねたある程度の規模の商いを営む者と言えよう。後にふれるが、「大和物語」には、使用人が顔を出しているから、豪商とは言えないまでも、単なる商人ではない。

2、地方官。国司なども都から派遣されて地方で任務に当たるが、このような高位の役人ではあるまい。「枕草子」二十五段の除目の日に職を求めて国司候補の家へ参集する人々が描かれているが、このような下層の者でもないだろう。又、地方出身の「郡司」などは、「田舎わたらひしける人」とは言えないだろう。

この二説のうち、どちらとも言えないが、もし地方官としたら「目代」あたりが相応と私は思う。但し、公的任用の「目代・さかん」（四等官）ではなく、私的任用の「もくだい」であろう。

『新訂　官職要解』（和田英松氏著、所功氏校訂）には、

目代　モクダイと読む。国司のうちの目とは何も関係がない。もと人の耳目に代わる意で、国の守の代理であるが、別に官により任じたのではなく、国の守が私に置いたものである。されば、子孫兄弟や姪（甥）や家子郎等でもさしつかえないのである。

とあり、行政能力に秀でた者は、国司の依頼を受け、多数地方に下ったであろう。この二十三

段の親たちは、これに類した一員ではなかったかと思われるのである。和田氏によれば、この目代は国司の側近としての立場を利用して、有能な者は相当な実力を持つようになったと言う。もし、このような親がなくなれば、生活の基盤は失われ困窮することになろう。

続いて「ゐなか」について検討する。この「田舎」は、地域を示す語で地名ではないが、私は同様な役割があると認めて地名として扱う。伊勢物語の地名は特別な意味を持って、物語と関わるものがあると述べてきたが、この「ゐなか」もこの物語のキーワードとなっている。このA部で「ゐ」は多用されている。

　ゐなかわたらひ　井のもと　つつ井つ
　ゐづゝ

作者は「ゐ」を強調している。これは二十三段に登場する地名と対応している。でもある。これは「ゐなか」のゐであり、「居る」のゐであり、動物の「亥」

イ、ゐなか──河内（河のなか）
ロ、居る──立つ（龍田山）──行く（生駒山）
ハ、亥──龍（龍田山）──駒（生駒山）

この他にも

ニ、高し──安し（共に高安）

これらは、すべて地名を使った言語遊戯と言えるであろう。続いて、項を改め、地名との関連を述べる。

105

（2）　Aの歌について

男の歌

筒井つの井筒にかけしまろがたけ

過ぎにけらしな妹見ざる間に

（訳）

筒井の井筒で背くらべをした私の背丈は　（井筒の）高さを超えてしまったようです。あなたとお会いしない間に。

このうち、筒井は円く掘った井戸であり、井筒は、井戸の円い囲いで、ゴミや土砂の流入を防ぎ、人間の落下を防止するものである。

古くから、この歌には三つの解釈上の問題点があり、いまだ定説を見ない。この三つを列挙すると、

1、「筒井つの」の「つ」は意味不詳とされる。本によっては、この部分を「筒井筒井筒」するものがあり、同じ音の繰り返しで調子を整えていると言えよう。古く細川幽斎『伊勢物語闕疑抄』は「つゞゐつ」の「つ」は「休め字也」とするから、これも調子を整える特に意味のない語と捉えているのだろう。これはなお不明とするしかないと思われる。

2、「井筒にかけし」の部分に適する解がない。現代の身近な註釈書の多くは、「井筒と背くらべした」と訳している。

例えば、片桐洋一氏『鑑賞日本古典文学第五巻伊勢物語・大和物語』の下註でこの点につ
いて、「かけし」は「はかりくらべた」「欠けた」「言いかけた」などの解があるが、「井筒
にはかりくらべた私の背丈」と解しておく。

片桐氏も一応通説に従っておく、ということなのであろう。従来、この部分は研究者を悩
ました所で、問題は井筒で背くらべができるかどうかなのである。井筒の高さはさまざま
であったろうが、低すぎては用をなさないし、高すぎては不便である。このように井筒の
高さに限度があるから、子供が直立して計測可能だとすれば、その背丈はきわめて低いと
見なければなるまい。（この部分の私案は3と併せて述べる。）

もう一つは、「過ぎにけらしな」の部分で、「超えてしまったようです」の意味だが、これ
も古くから問題とされている所である。「超えた」なら分かるが、「超えてしまったようで
す」と推量のことばを使っているのは不可解と言わざるを得ない。「超えた」なら分かるが、「超えてしまったようで
分の背丈は自分の目で見られないとか、まだ少年だから超えたかどうかは微妙だからなど
と説明しているが、どうだろうか。本文に「おとなになりにければ」とあり、超えたかど
うかはすぐに判明すると思われるのである。

なお、私が先年（昭和末年頃か）拝見した三重県の斎宮歴史博物館展示の井筒は、お聞き
したところ、高さ七十一cm、直径九十cm（いずれも最大値）板厚二〜三cmとのことであっ
た。これは一例にすぎぬが、井筒の高さはせいぜい大人の腰程度が使いやすいのではなか
ろうか。いずれにしろ、思春期の少年が超えたかどうか分からないような井筒とは不便で

3、

あろう。

以上、男の歌に関して、二つ（2・3）の問題点を述べたが、今までこれらを解決する視点を持てなかったのである。ここは地名に注目すれば解けるのである。「ゐ」は田舎のゐで、井戸のゐだが、座るという意味がある。すなわち、本文「井筒にかけし」の部分で、「井筒」と「居つつ」の掛詞があるとすればよいのである。私はこの掛詞は十分成立すると思うのである。解釈は「座りながらに座って計った…」となる。子供は地面に腰を下して遊んでいた。井筒に背もたれをして、背くらべを井筒で計ったのであろう。これまでは、背丈は直立して計るものだとの先入観が「座りながら」の解釈を寄せつけなかったのである。子供にしても井筒は背くらべには低すぎるだろう。そこで座って計ったのである。

ここで「井筒」を「居つつ」の掛詞とする理由をまとめておきたい。

(イ) 冒頭文に「ゐ」を強調していると思われる点があること。

(ロ) 当時の記録に、「ゐ丈」という話が使われていて、現代の座高と似た捉え方があったこと。

「源氏物語・末摘花巻」で、光源氏が末摘花を見た印象を「まづ、居丈の高う、を背長にみえ給ふに、…」と描写している。末摘花は居丈が高く、胴長の女性だった。

又、「今昔物語集　本朝世俗部上巻」の巻二十七「三善清行の宰相の家渡の語　第三十一」（角川文庫文三八五P）に「女ゐざり出つ。居丈三尺ばかりの女の、檜皮色の衣を着たり。」とあり、居丈三尺の女とはずいぶん高い。これは「荒れた旧家」に住む異形のもの、狐などの変化であろう。

108

この二例とも座っての印象であり、現代の座高の計り方とは若干違う。二十三段の子供の場合、正座などではなく、足を前方に投げ出し、尻を地面に着けての計測と思われるから、現代の座高とより近似していると思われる。

（ハ）「井」と「居」の二つの漢字は、「雲井」「雲居」などのように、まれに互換性があったこと。

（ニ）「井」と「居」との掛詞の例があること。例えば、「大和物語　百十三段」

　　もろともに井手の里こそ恋しけれ

　　ひとりをり憂き山吹きの花

（ホ）「居つつ」の表現が多くあること。例えば、「万葉集」巻十二（3126）

　　巻向の穴師の山に雲居つつ　雨は降れども濡れつつそ来し

「竹取物語」では、

　　なほ月いづれば、いでゐ・つ・つ・嘆き思へり。

（『日本古典文学全集』による、九六Ｐ）

「伊勢物語」では、六十八段

　　いとおもしろければ、おりゐ・つ・つ・行く。

このように「居つつ」は見い出すことができ、ごく普通の表現と思われる。

（ヘ）万葉集などの「つつ」の表記に「筒」が使われている例があること。

万葉集

1993　見筒恋牟（見つつ恋ひなむ）

新撰万葉集では、「つつ」の表記に「筒」を専ら使用している。この集は菅原道真撰とされているから、この頃になると万葉仮名の多様性も薄れつつあったのかも知れない。

2201 紅葉散筒・（黄葉散りつつ）

以上であるが、当時の知識人は万葉仮名に慣れていたろうから、容易にこの掛詞に気付いたと思われるのである。「筒井つの井筒」の部分を、ある本は「筒井筒井筒」とするが、この方が万葉仮名らしい感じがする。このように座ってならば計測可能であろう。従来はこの掛詞に気付かなかったから、計測時の子供の年齢を引き下げる傾向があった。ところが本文は「おとなになりにければ、おとこも女もはぢかはしてありけれど…」とあり、それまで一緒に遊んでいたのである。又、計測時期だけを引き下げるのも不自然であろう。私案によれば、

現在の学齢で小学五、六年生位まで十分可能であると思う。

さらに、残されたもう一つの問題、「過ぎにけらしな」も難なく解けると思うのである。座っての計測ならば「けらしな」という推量のことばは不自然ではない。直立しての計測ならば井筒を見れば、超えたかどうかは直観で分かる。但し、これは特別に高く作った井筒の存在を仮定しての話である。普通の井筒なら、幼児のうちに超えてしまうであろう。ところが、座っての計測ならば直観では判明しない。それゆえ「超えた」とは断定しなかったのである。

ここまで、歌の新しい解釈と地名との関わりを述べた。

110

（3）　Bについて

（本文）

さて、年ごろふるほどに、女、おやなく、たよりなくなるまゝに、「もろともにいふかひなくてあらんやは」とて、かうちのくにたかやすのこほりに、いきかよふ所いできにけり。さりけれど、このもとの女、「あし」とおもへるけしきもなくて、いだしやりければ、おとこ、「こと心ありてかゝるにやあらむ」と思ふうたがひて、せんさいの中にかくれゐて、かうちへいぬるかほにて見れば、この女、いとようけさうして、うちながめて、

風ふけばおきつしら浪たつた山夜はにや君がひとりこゆらん

とよみけるを、きゝて、かぎりなくかなしと思ひて、河内へもいかずなりにけり。

この段では、男女が結婚後、数年後（五、六年後か）に女の親が死亡し、生活が不如意になり、男は新しい女、河内国高安郡の元へ通うようになる。女はそれをいやがる様子もなく、送り出すので、男は逆に女を疑い前栽に隠れて見ていると、女は「風ふけば…」の歌を詠み、男のことを心配しているのだった。男はこの女の行為に感動し、河内に行かなくなった。歌徳説話的な話の展開である。

これに類似したものが、古今集や大和物語にあり、この三者の成立に関する問題を検討して

いく。

（古今集巻第十八）

D　（本文）

994

　　題しらず　　よみ人しらず

風ふけばおきつしらなみたつた山

よはにや君がひとりこゆらん

ある人、この哥はむかし大和の國なりける人の女に、ある人すみわたりけり。この女おや

もなくなりて、家もわるくなり行くあひだに、この男河内のくにに人をあひしりてかよひ

つゝ、かれやうにのみなりゆきけり。さりけれども、つらげなるけしきもみえで、かうち

へいくごとに男の心のごとくにしつゝ、いだしやりければ、あやしと思ひて、もしなきまに、かうち

こと心もやあるとうたがひて、月のおもしろかりけるよ、かうちへいくまねにて、せんざ

いのなかにかくれてみければ、夜ふくるまで、ことをかきならしつゝうちなげきて、この

哥をよみてねにければ、これをきゝて、それより、又外へもまからずなりにけりとなんい

ひつたへたる

この古今集の「風ふけば…」の歌の左注と伊勢物語の相当する部分（B部）とは大変よく似

ていると言えよう。このため、古今集が先か、伊勢物語が先かの議論が古くからなされている。

物語の展開や細かい描写までほとんど同じだから、一方が他方を取り込んだ、とする説が有力である。

古今集左注の持つ「……となんいひつたへたる」の伝承性の枠組も問題となろう。これらを検討していく。これに関しては、山田清市氏に詳しい研究があり、氏の「伊勢物語の作者試論」によれば、「古今集の左注は古今集の草稿時から存在していたと考えられ、この左注も古今撰者によって記載されていた」と述べ、「両者の文体はにており、『大和物語』とは違い、どちらかが、その文章をそのまま転用したものである。左注はその性格上、簡略化されるのが当然であるが、古今集の三つの記述については、伊勢物語にはないから、古今集の左注が本来のものであろう。これは『言ひ伝ふる』という記述によっても伺われる」としている。（この山田清市氏の論説については、そのままの文章の引用ではなく、筆者なりにまとめたものである。）

山田氏の「古今集の左注を伊勢物語が転用している」については、おおむね肯定できるが、問題点がないわけではない。詳しく見ていくと、山田氏は古今集左注にあり、伊勢物語にはない三つの記述を指摘している。

イ、月おもしろかりけるよ
ロ、ことをかきならしつつ
ハ、ねにければ

この三点である。イとハは伊勢物語に記述がない。イについては、暗闇では山越えは難しいから、月明かりは必要であろう。雨の降る夜などは山越えは無理なのであろう。

ロ、琴を掻き鳴らす点については、伊勢物語にはないが、それに代わる「いとうけさうして」がある。「琴を掻き鳴らす」も「念入りに化粧する」も共に呪術的な所作である。

「古事記」仲哀天皇が琴をひき、神功皇后が神託を述べる有名な場面がある。「日本書紀」では、ある説として、神功皇后自身が琴をひき、神功皇后が神託を述べる。琴は神寄せに使われているのである。

平安時代には、この呪術的な面は薄れつつあったと思われるが、このような習俗は長く残るものである。一つの例としては、「源氏物語・夕顔巻」もののけ出現時、光源氏の行動をまとめると、「太刀を引き抜きそばに置く」（武器や金物）、「右近に照明を持ってくるように命令」（照明）「随身を起こして、つるうちして、たえず、こわづくれと命令」（弓つるを弾く、声を挙げる）、これらは魔よけの行為なのである。「つるうち」は、琴ではないが、音による呪術としては共通している。

古今集左注の大和の女は、「よふくるまでことをかきならしつつ」とあるから、男が龍田山を越えてゆくであろう夜半まで掻き鳴らしていたのである。これは祈りであり、女は男のいない留守に趣味や練習のため、琴を演奏しているのではない。これは、続く本文「うちなげきて…」の文からもうかがえよう。

一方、伊勢物語にはこれに代わる「化粧」がある。「化粧」は琴に比べれば呪術的な感じは薄まるが、古代の埴輪より続く伝統的な魔よけの方法である。元来、化粧は魔よけから生じたとする説もあり、刺青などもこの一種と考えられている。これに対し、「魏志倭人伝」には、持衰という者がいて「旅の安全を祈るため、髪をくしけずらず、しらみも取らず、衣服は垢で

114

汚れたまま、肉を食べず、女を近づけない、喪に服しているようにさせる」という例が紹介されているが、これは逆の行為だが、同様な効果を期待して行う祈りである。女が念入りに化粧これは「化粧」とは自分が汚れを引き受けて、祈りの対象を清浄に保つ役割を果たしていた。したのは、危険な山道を夜半に越えて行く夫の無事を祈ってのことなのである。伊勢物語の作者は、古今集をそのまま転用したのではない。

以上、山田氏指摘の三点を検討した。イ、ハはその通りであるが、ロについては同じ傾向の語句が使われていることを述べた。この場合、「化粧」から「琴」への流れは考えにくく、山田氏の古今集左注が先にあり、伊勢物語がそれを取り込んだとする成立過程はおおむね肯定できよう。続いて、「伊勢物語」の残りの部分、「大和物語」百四十九段とを併せて検討したい。

（4）伊勢物語と大和物語

（伊勢物語本文）

C1　まれ〳〵、かのたかやすにきて見れば、はじめこそ心にくもつくりけれ、いまはうちとけて、てづからいゐ（ひ）かひとりて、けこのうつわ物にもりけるを見て、心うがりて、いかずなりにけり。

C2　さりければ、かの女、やまとの方を見やりて、

115

君があたり見つゝをゝらん　いこま山

くもなかくしそ　雨はふるとも

といひて、見いだすに、からうして、やまと人、「こむ」といへり。よろこびて、まつに、

たびくくすぎぬれば、

君こむといひし夜ごとにすぎぬれば

たのまぬ物の　こひつゝぞふる

といひけれど、おとこ、すまずなりにけり。

（大和物語　百四十九段本文）

E

昔大和の國葛城の郡にすむ男女ありけり。この女かほ容貌（かたち）いときよらなり。としごろお

もひかはしてすむに、この女いとわろくなりにければ、思ひわづらひて、かぎりなくお

もひながら妻をまうけてけり。このいまのめは富みたる女になむありける。ことにおも

はねど、行けばいみじういたはり、身の装束もいときよらにせさせけり。かくにぎわゝ

しきところにならひて、きたれば、この女いとわろげにてゐて、かくほかに歩けどさら

に妬げにもみえずなどあれば、いとあはれとおもひけり。心ちにはかぎりなく妬く心憂

しとおもふを忍ぶるになむありける。留まりなむと思ふ夜も、なを「往ね」といひけれ

ば、わがかく歩きするを妬むにやあらむ、さるわざせずばうらむることも

ありなんなど、心のうちにおもひけり。さていでていくとみえて、前栽の中に隠れて男

や來るとみれば、端にいでゐて、月のいといみじうおもしろきに、頭かい梳りなどして

をり。夜更くるまで寝ず、いといたううちなげきてながめければ、人待つなめりとみる

に、使ふ人のまへなりけるにいひける、

風吹けばおきつしらなみたつた山

よはにや君がひとり越ゆらむ

とよみければ、わがうへをおもふなりけりとおもふに、いとかなしうなりぬ。この今の

めの家は立田山こえて行くみちになむありける。かくてなを見をりければ、この女うち

泣きて臥して、金椀に水をいれて胸になむ据へたりける。「あやし、いかにするにかあ

らむ」とてなをみる。されはこの水熱湯にたぎりぬれば、湯ふてつ。又水を入る。みる

にいとかなしくて走りいでて、「いかなる心ちし給へば、かくはしたまふぞ」といひて

かき抱きてなむ寝にける。かくてほかへもさらに行かでつとゐにけり。

（大和物語、Eの続き）

F

かくて月日おほく經ておもひけるやう、「つれなき顔なれど、女のおもふことといとい

じきことなりけるを、かく行かぬを、いかに思ふらむ」と思ひいでて、ありし女のがり

いきたりけり。久しく行かざりければ、つゝましくてたてりけり。さてかいまめば、我

にはよくてみえしかど、いとあやしき様なる衣をきて、大櫛を面櫛にさしかけてをりて、

手づから飯盛りをりけり。いとあやしとおもひて、來けるまゝに、いかずなりにけり。

この男は王<ruby>王<rt>おほぎみ</rt></ruby>なりけり。

（『日本古典文学大系9』による。但し、E・Fなどの記号や段分けは筆者による）

伊勢物語B部については、先に検討したように、「古今集」左注をそのまま利用し、多少の変更を加えたものであろう。山田清市氏の指摘したイロハ三点については、古今集から伊勢物語への流れを証明するものであるが、伊勢物語作者独自のイロハによる変更についての考察には触れられていない。物語の作者には、歌物語化するに当たっての独自の工夫があり、これは後に詳述する。

次に、C1部については、古今集左注にはない部分だが、物語作者の独創的なものでなく、そのような伝承を取り入れたものと思われる。左注採録時には、既にC1部のような後日談が付随しており、これを取り込んだのであろう。これは歌徳説話の一典型であり、「新しい女は失敗して男の愛を失う」部分は、古今集は左注としての制約上、ここはなくとも十分である。

「大和物語」百四十九段には、伊勢物語のB、C1部に相当する部分があり、A、C2部はない。

大和物語は、伊勢物語等と比較すると描写が詳細で、E部での女の愛情表現は誇張を交え力説している。又、F部も伊勢物語に対して、描写が詳しく、垣間見の場面などは古い説話の型を伺わせる。但し、歌が一首もないのは両物語とも共通している。

大和物語E部と、古今集左注との表現の違いは大きく、こまかい表現まで同一という一方が他方を取り込んだと関係は認められない。ここで、再度、山田清市氏の指摘した三点を比較し

てみよう。

イ、

古今集左注　　月おもしろかりけるよ

伊勢物語　　　この記述なし

大和物語　　　月のいみじうおもしろきに

ロ、

古今集左注　　ことをかきならしつつ

伊勢物語　　　いとようけさうして

大和物語　　　かしらかいけづりなどして

ハ、

古今集左注　　ねにければ

伊勢物語　　　この記述なし

大和物語　　　かき抱きてなむ寝にける

以上、この三点に限れば、古今集左注は大和物語の方が近い関係にある。大和物語は伊勢物語とほぼ同時期に成立した歌物語として、近似したいくつかの章段も認められるが、この物語の影響は限定的だったと考えられる。もし大和物語の作者が、この百四十九段については、伊勢物語の影響は限定的だったと考えられる。もし大和物語の作者が、この現伊勢物語二十三段を参照していたならば、A部やC2部の二首を取り込んでいたと思われる。

それでは、大和物語と古今集左注との関係はどうであったろうか。古今集は「ある人……と

なんいひつたへたる」とあるから、当時流布していた伝承をまとめたとするのが妥当である。
古今集の規範性の高さから大和物語の作者も参照したであろう。但し、伝承はその時期、地域
によって変化するものである。大和物語の「使ふ人の前なりけるにいひける」など、大和の女
の召使いが姿を見せるのはここだけであり、大和物語の作者が、独自の伝承を得ていたことは
確かであろう。ではどれがより古い伝承なのであろうか。私は先ほどの三者の比較より見て、
古今集がもっとも古く、続く大和物語と伊勢物語とはほぼ同時期のものと思う。大和物語の方
が古今集に似た古い伝承も認められるが、金椀の描写など新しい点もあり、新旧が交錯してい
る感じが強い。

（5）「古今集」左注の伝承について

「風吹けば…」の歌は、古今集では「よみ人知らず」となっている。しかし、この歌は古今
和歌六帖に二回採録されており、作者はそれぞれ「かぐやまのはなのこ」「かごのやまのはな
子」とある。但し「風吹けば…」の最終句は「ひとりゆくらん」である。古今集、伊勢物語と
も、このような本があり、「ひとりこゆらん」と共存していたようである。この作者名は微妙
に違うが、同一人物で「香具山の花子」であろう。これは実名ではなく、香具山一帯を代表す
る女性を示すものであろう。とすれば、「風吹けば…」の歌は、夫の無事を祈るこの地方の民
謡が伝承化されたと考えられるのである。

120

「龍田山」については、「日本古典大系8、古今和歌集」の頭注で佐伯梅友氏は、奈良県生駒郡三郷村立野の西方の山。信貴山の山つづきで、大和と難波との交通の要路に当たる。

と解説している。

この伝承は元来、「夫が緊急の用事のため、龍田山を夜半に越えて行かねばならなくなった。そこで妻は琴を掻き鳴らし、歌を詠み夫の無事を祈った」ではなかろうか。夫の用事とは、別の女に逢うためではなく、何か重要な役割を果たすため、月明りを頼りに難所を越えて行くのであろう。

何か緊急なことでもなければ、わざわざ夜中に危険な龍田山を越えることはあるまい。男はこの地方の有力者であり、女も同様、重みのある役割を負っていたのであろう。

この話が伝承されるにつれ、夫は別の女に会いに行くため、夜半に龍田山を越えてゆく。女はいやがる様子もなく夫を旅立たせると、変化していったものと思われる。歌そのものは変化は少ないが、「ひとりゆくらん」の方が、目的地が遠い印象を受ける。このように伝承が変化していくと、歌徳説話としては効果的だが、無理な設定になってしまった。このことを強調している註釈書を管見にして私は知らない。　左注には「月のおもしろかりけるよ」とあるから、男は夕方出発しようとしたのであろう。男は夕方、女の元を訪れ、早朝に帰るという通い婚の風習があった。が、これは近距離の通いの場合で、ここは、出発は朝でなければならないだろう。旅をする場合、明るい内に目的地に着きたいものである。しかし、歌を変えるわけにはいか

かなかったのである。

　（6）　地名の考察

次に地名という観点から、古今集、伊勢物語、大和物語を検討していく。伊勢物語の「地名」には、その土地の名を示すだけでなく特別な意味を持っている場合がある。但し、ここでいう地名には、「土地の名」に限らず、「山や川」の名、「田舎」など、広く含めていることを了承されたい。

古今集左注の地名は三つあり、

①大和の国　②河内の国　③龍田山

伊勢物語の地名は五つ

①ゐなか　②河内の国高安の郡　③龍田山　④大和（の方）、大和（人）　⑤生駒山

大和物語の地名は三つ

①大和の国葛城の郡　②龍田山　③龍田山を越えていく道

この三者に共通しているのは、大和と龍田山の二つである。その他、微妙な違いがある。

まず古今集から見ていこう。

古今集左注では、大和の国の女、河内の国に新しくできた女と表現するだけで、細かい地名が出てこない。

大和物語では、

大和の國葛城の郡にすむ男女ありけり

とあり、男女の住む地が「葛城の里」と明示される。古今、伊勢には出ない地名である。元々この伝承が香具山地方（十市郡）のものとすれば、西方へ十㎞ほど移動した地に葛城郡があり、それだけ龍田山（生駒郡）に近付くことになる。次に注目すべきは、大和物語は出発地は詳しく書きながら、新しい女の居住地名がない。「河内の国」がなく、

この今の妻の家は立田山こえて行くみちになむありける。

この方が、龍田山を越えて行く道が、たとえ河内の国としても、かなり近いように感じられる。

古今集左注は、その制約上、大雑把であるから、大和物語は、この二つの地名を記して、より合理化し、あり得そうな体裁にしていると言えよう。

最後に伊勢物語を見てみよう。伊勢物語は出発地は大和の国であるのは分かるが、大和物語のような何郡の記述がない。後に増補されたA部の「ゐなか」を加えても、どこからかは判明しない。ところが、新しい女の居住地を「河内の国高安の郡」と設定した。これが伊勢物語作者の工夫であり、これは古今集、大和物語にもなく、伊勢物語は古今集左注をただ転用したものではないのである。

この高安郡〈大阪府〉は『古代地名辞典（角川書店）』によれば、河内国の郡名。河内国の中央部東端に位置する。北は河内郡、西は玉串川をもって若江郡、南は大県（おおがた）郡、東は大和国平群（へぐり）郡に接する。生駒山系の高安山の麓

にあり、村々は高安の里ともいわれた。

この地は大和物語の「立田山こえて行くみち」の地にも適合しよう。高安は、大和から河内・難波へ向かう途中の里で、天智六年、白村江の敗戦後、唐・新羅連合軍の難波方面からの侵略を恐れて、高安城を築いた地であることでも知られる。又、高安山は古事記にも記述があり、「枯野」の琴の場面でも登場し「琴」との関連も認められる。

このように龍田山を越えてゆくにしろ、河内の国の中でも近くで、ある程度知られた高安の里を選んだのであろう。この点では大和物語と同様、この物語の矛盾をやわらげようとしている。

なお、この「高安」には別の意味が隠されており、項を改めて述べる。

（7）「高安」について

この語は地名を示すだけでなく、「高と安」とが正反対の意味を持つ。これは、新しい女の「生活態度」や、「男の評価」を表わしている。又ちぐはぐな点をさすと考えられる。C1の部分、初めは奥ゆかしい様子だったが、しだいに慣れてくると、本文、

「てづからいゐ（ひ）かひとりてけこのうつわ物にもりけるを見て、心うがりて、いかずなりにけり。」

この部分は、男が女の動作を見てうとましく思った所だが、解釈上、いくつかの問題点があると思う。

まず、「てづから」でこれは、「自分の手で」と「自分で」の二つの解がある。次は「いひか
ひとりて」で、「いひかひ」を「飯匙」（しゃもじ）と採り、「御飯のしゃもじを取って」とする。
私案は後に詳しく述べる。最後は「けこのうつわ物」で、通説は「けこ」（笥子）（食器）とし、
「食器のうつわ物」と解釈している。この場合の難点は「うつわ物」（お椀）も食器だから、食
器が重なることである。竹岡正夫氏『全評釈』は、古い解釈は「笥子」ではなく、「家子」（家
族、家来）であったとし、次のように解釈している。

　自分の手でじかにしゃもじを取って、眷属たちの食器に飯を盛っていますのを見て、心から
嫌になって行かなくなってしまいました。

　この解釈は、通説の「食器のお椀」よりも矛盾は少なくなっていよう。しかし、どこが男に
嫌われたのであろうか。食器に飯を盛りつけるのは召使いの仕事であるというのは、貴族階級
のことであって、ここでは当てはまらない。ここは、女はしゃもじを使ったのではなく、手づ
かみで盛ったと思われる。かつて私は、「いひかひとりて」の解釈を「飯交ひ取りて」とし、「手
を交えて取って」「乱暴につかんで」とした。（拙著「伊勢並びに源氏物語の研究」参照）
　その後、「いひかひ」の部分に、「いひかい」とする本があることを見い出し、（流布本系の
「豊原統秋筆本・片假名書入本」古本系「最福寺本」その他塗籠本系にもあり）〔いずれも「伊
勢物語に就きての研究」（校本篇）による〕この方がより明確に「手づかみを」証明できると
考えるようになった。そもそも、「ひ」と「い」の仮名使いは混同されやすく、「いひかひ」な
らば、「飯匙」（しゃもじ）と解釈は可能だが、「いひかい」ならば飯匙とすることはできない。

「いひかいとりて」とは、「飯」「かい取りて」となろう。この「かい取りて」は「飯掻き取りて」がイ音便化したものであろう。

ここでは、女は粗末な着物で、髪型も品がなく、次の文が続く。

　大和物語Ｆ部（前出）に垣間見の場面があり、より詳しく女の服装、動作が描かれている。

手づから飯もりをりける。

これも「自分で飯を盛っていた」ではなく、「手づかみで飯を盛っていた」のであろう。

　伊勢物語に戻る。Ｃ１の該当の部分の現代語訳は、

手づかみで御飯を掻き取って、家族の器に盛り付けているのを見て、いやな気分になって、行かなくなってしまった。

　これは「いひかい」の部分は、「いひかい」の誤りと見て独自案を示した。

　なお、この手づかみ文化は現代にも残存しており、例えばおにぎりや鮨などは原則として手づかみで握り、手づかみで食べるものである。又、当時の御飯は蒸したもの（強飯）と思われるから、手づかみも上品とは言えないまでもさほど不自然ではないと思われる。むしろ、「掻き取る」鍋等の底にこびり付いている御飯を掻き取っての部分により男はいやけがさしたのかも知れない。

　Ｃ２の部分、

　女の歌（一首目）

君があたり見つゝをゝらんいこま山

くもなかくしそ雨はふるとも

（訳）
あなたのいるあたりをながめながら暮らしましょう。　生駒山を雲と隠さないでおくれ。　たとえ雨は降っても。

全く、ちぐはぐとしか言いようのないひどい歌である。雨が降っては生駒山が見えるはずがない。この歌は万葉集に類歌があり、古くから「生駒山は男の住む地と方角が違う」との指摘がある。すべて承知の上で作者はこの歌を選んでいるのである。

女の歌（二首目）

たのまぬ物の　こひつゝぞふる
君こむといひし夜ごとにすぎぬれば

（訳）
あなたが来るという夜ごとにむなしく過ぎていくので、あてにはしないものの恋しく思いながら暮らしています。

この歌もちぐはぐな点はあるが、女性の微妙な心理を表わしていると見れば、第一首と比べればよい歌である。

この二つの歌の間に、次のような文がある。
やまと人「こむ」といへり。よろこびて、まつに、たび〴〵すぎぬれば男は文などで「訪問しますよ」と言ってきた。喜んで女は待っているが、何回も空しく過ぎ

てしまうので…　ここに作者の問い掛けがある。作者の工夫、言語遊戯があると言っていい。管見の及び限りにおいては、見過ごされて来たことである。それは、なぜ男は何回も「来ますよ」とわざわざ知らせておきながら来なかったのか、である。男が知らせてくるのも一苦労である。それなのに来ないとは、なぜなのか。当然の疑問であろう。伊勢物語は読者参加型の文章であり、読者は疑問を見い出し、自ら答えることが期待されている。答は簡単である。女の歌の中に答がある。

　　一首目　　雨はふるとも
　　二首目　　こひつゝぞふる

　二首目の「ふる」は掛詞で「経る」「降る」の意がある。答「男は悪天候、雨が降ったため来ることができなかった」である。これも女が「雨が降っても」と願った結果なのである。

　このように高安物語には、どこかちぐはぐな点が認められ、これが地名「高安」を使った理由なのである。

　　（8）二十三段の成立について

　まず二十三段の構成から検討していく。通説は三段に分けるが、森本茂氏は四段に分けるのが適当としている。

　森本氏の分類は、先に挙げた「A、B、C1、C2」のうち、C1を「C」に、C2を「D」

とするものである。大和物語には、このうち、「BC」があり、「AD」部が存在しない等成立事情から四段に分けるのがよいとするのである。この分類にも一理ある。各段の書き出しと文末の結び方を見ると、

A　むかし〜ほいのごとくあひにけり。
B　さて、年ごろふるほどに〜いかずなりにけり。
C1　まれく、かのたかやすにきて見れば〜いかずなりけり。
C2　さりければ〜すまずなりけり。

(C1、C2は筆者の分類による)

右の四段とも「…にけり」と決着型の「落ち」を持っている。この点からは問題ないが、書き出しの語を検討すると、C2「さりければ」(そのように男が通わなくなったので)は、新たな書き出しとしては、十分ではないように思える。もう一つ、四段に分けた場合の最大の欠陥は、C1部に歌が一首もなくなってしまうことである。以上から、三段に分けるのが良いと私には思えるのである。

次に二十三段の成立過程を検討しよう。

①古今集左注の編者は、先行する伝承から歌と説話を取り入れた。

②伊勢物語の作者は、この左注を一部を除きそのまま利用すると同時に、左注が切り捨てた部分を伝承から取り入れ、歌物語化した。(B部とC1部) 但し、女の住居については、河内の国のみで、「高安の郡」は記載されていない。

③大和物語の作者は、古今集左注は当然のことながら参照したと思われるが、伊勢物語の作者のようにそのまま取り入れるのではなく、当時の伝承から多くを取り込み書き込んだ。大和物語の地名「葛城の郡」などは、この物語のみに登場するものなので、この地に伝承していたものなのであろう。では、伊勢物語との関係はどうか。これも参照したと思われるが、古今集左注に対する態度からして、伝承そのものを優先したと思われる。但し、この伊勢物語は②の段階であり、現伊勢物語でないのは勿論である。

④伊勢物語の作者（この作者は②と同一者とは限らない）は、B部C1部を展開しようと企てた。この作者は、地名を利用した言語遊戯が得意である。基本となる地名は「龍田山」「立田山」である。龍は架空の動物だが、動物には他に亥も駒もある。さらに、立田山の「立つ」は人間の基本動作であるが、他に「居る」「行く」も同様な行動である。龍田山を越えた向こう側に「河内の国高安の郡」を発見し、これは利用できると思ったことであろう。

C1部の後に、新しい女のことを加えようと考える。B部の前段に幼い恋を描き、

A部　幼い恋の成就（田舎、居る、亥）
B部　　夫婦の危機と愛の復権（高安を追加）（龍田山、立つ、龍）（高安）
C1部　新しい女の変化（高安、奥ゆかしいと品がない。ちぐはぐ）
C2部　新しい女の歌（生駒山、行く、駒）

このように、B部を中心にして物語を組み立てたのではあるまいか。伊勢物語は抑制のきいた文体であり、読者への問いかけがある。この二十三段は、古今集の左注を利用し、歌物語を構

130

成したが、九段の成立と似ている。両段とも、食事の場面があるのも共通している。二十三段は動物の対比があるが、九段にも各段ごとに、蜘蛛、鹿、都鳥が配置されている。これらの類似から、九段や二十三段を再構築したのは同一作者であると思う。

この段の最後に、森本茂氏（前出）の論を取りあげて検討しよう。森本氏は、伊勢、大和物語の伝承性の観点から、成立論を展開し、次のように述べる。氏は二十三段を分析した結果として、

結局、大和物語の作者は一四九段を書くに当たって伊勢物語二三段を参照したと思われるが、業平を念頭においていたとしても、一四九段はあくまで「王」の物語を書いたのであった。すると伊勢物語Ⓐの部分の「ゐなかわたらひしける人の子ども」では「王」と合わなくなるし、また女の歌二首を中心に構成したⒹの部分は、「王」の物語という観点からすればない方がよいであろう。こういうわけで大和物語の作者は、伊勢物語二三段のうちⒶ・Ⓓの部分を取り去り、Ⓑ・Ⓒの伝承伝説を中心にして、よりいっそう「王」の物語らしくまとめ上げたのではなかったろうか。

（ⒶⒷ©Ⓓは、筆者の分類でA、B、C1、C2、に該当する。　筆者注）

森本氏によれば、現伊勢物語に近いものを大和物語の作者は参照し、そのうちからⒶⒹ部を取り去って、百四十九段をまとめたとする。このうちⒶとは「幼い恋の成就」の部分、Ⓓとは「新しい女の歌」の部分である。これは大和物語百四十九段の「この男は王なりけり」を生かすためであるとする。

131

この論は、いくつかの問題があると思う。まず「王」にこだわりすぎであり、たとえⒶⒹを取り去っても、あまり情況は変わらない。「王」の部分を取り去った方がふさわしいほどである。氏は一四九段はあくまで「王」の物語を書いたとするが、この段はどちらかと言えば女主体の物語であろう。

次に、伊勢物語のＢ部「高安の女」はどうなったのであろうか。この「高安」の地名も取り去ったとするのであろう。Ａ部「ゐなかわたらひしける人の子ども」など、都合の悪い文も、取り去ったり変更するのはできたであろう。

又、ⒷⒸ部の伝承伝説を中心にして、しあげたとするがⒹも伝承性のある部分であろう。この二首を取り込んでもなんら問題はないと思うがどうだろうか。

私は取り去ったとするより、元々Ｂ部、Ｃ１部（森本氏の分類ではⒷ部Ⓒ部）を参照したのではないか。大和物語の作者は、このような伊勢物語を参照はしたが、独自に伝承に基づき書き込んだと思われる。

私案については先述したが、二十三段の成立についての「ⒷⒸ部」が中心となり、「ⒶⒹ部」が後に付加されたとする森本氏の論考には賛意を表したい。又、氏の伝承歌の詳しい論証も大いに参考になる。しかし、大和物語が、伊勢物語（現伊勢物語に近いものを想定）を参照し、ⒶⒹ部を取り去って成立したとの論考には賛成しかねるのである。

七、六十段

この段の地名「宇佐」の役割については、既に「伊勢物語の物名歌について」で述べたが、一首だけ「宇佐」と「憂さ」の掛詞の例を挙げておく。

大和物語五十九段

忘るやといでて来しかどいづくにも
うさははなれぬものにぞありける

八、まとめ

伊勢物語の地名には、特別な意味を持って物語と関わるものがあるとするのは、私の仮説であり、六段の地名「芥川」は、不気味な雰囲気を醸し出したり、掛詞「飽く」より男女の不吉な前途を象徴するだけではなかった。この「芥川」と「あばらなる蔵」の場面設定により、地の文に於ける四重掛詞を仕込んでいるのである。

九段の地名「東」は、古事記の倭建命の東征神話の主要舞台である。伊勢物語の作者は、この話をモデルにして、昔男の東下りを描いているのである。九段には、妻を慕う歌が三首あり、富士の嶺の鹿の子まだらの歌が一首ある。なぜこの四首でなければならないのか。なぜ「かれいひ」を食べているのか、宇津の山で「修業者」に偶然出会うのか。今までこのような疑問を

呈することはなかった。しかし、作者は、旅の一場面として食事のようすを描いているのではない。旅の途中、富士山が見えたから、その風景描写をしているのでもなかったのである。それら一つ一つに別の意味があったと思われるのである。

十段の地名「入間の郡みよし野の里」については、掛詞「子欲り」「見良し」は分かりやすいであろう。「母なむ藤原なりける」としているのも、貴種を求める強い願いを感じる。

十二段、十三段「武蔵野」はやはり掛詞で「蒸さし野」である。十三段ではこれが「くすぶる」「くゆらす」等の意味で使われ、切れそうで、切れない微妙な男女の縁を描いている。

二十三段の地名「田舎、河内、高安、龍田山、生駒山」はそれぞれ対応があり、「高安」を除いて、掛詞としても使用されている。又、「田舎」は「ゐ」を強調して、「ゐつつ」に於ける掛詞の暗示をしている。

六十段の地名「宇佐」も掛詞で「憂さ」や、「失す」に通じ、宇佐使は、追放する使者と解釈できよう。

これらの章段には並み並みならぬ作者の緻密な工夫がある。伊勢物語の文章は簡潔とされるが、その中にこのような高度な言語遊戯が隠されていたのである。

四　伊勢物語の成立に関する一試論

一

（1）　はじめに

この小論では、定家本、広本、塗籠本の三種の伝本について、新たな視点から考察をしていきたい。それは「折句」を持ついくつかの章段の成立に関することである。私見によれば、伊勢物語は「折句」を多く含む歌物語なのである。この内部徴候から新しく伊勢物語の成立過程を導きだそうとする試みである。

まず、定家本（『伊勢物語全評釈』を用いた。天福本・学習院大学蔵が底本、竹岡正夫氏著）には、以下の通り折句を含む15章段16首がある。

3	（沓冠）	9	（沓冠）	44	51	60	68	77
94	（二首）	101	105	（沓冠）	116	117	119	124
								87

ところが、折句の章段は各伝本によって、その有無に差がある。塗籠本（『竹取物語　伊勢物語』日本古典全書　民部卿局筆写本、本間美術館蔵が底本、南波浩氏校註）と比較する。その結果を示すと次の通りである。

15段16首のうち

○折句（沓冠も含む）成立

| 3 | 9 | 44 | 51 | 60 | 68 | 87 | 108 | 114 | 9段 |

○沓冠のうち、どちらか不成立

105   1段

○折句が不成立   0段

○章段そのものがない   5段（6首）

| 77 | 94（二首） | 101 | 116 | 117 |

これらの内、105段については、

　　白露はけなばきえなんきえずとも×|
　　玉にぬくべき人もあらじを

この歌の冠「しげきたび」は成立するが、沓「はんてきを」は不成立である。定家本「きえず
とて」とあり、一字違いのためである。

以上の結果から、塗籠本に同様な章段がある場合、多少歌の語句の違いはあっても、ほとん
どが成立していると言えるだろう。問題は、章段そのものがない点である。塗籠本には、定家本
に比較して、独自の章段、二段を合成した章段、逆に一段を二章段に分割したものがある。塗籠本
定家本は百二十五章段あり、塗籠本は百十五段で10章段の違いがある。定家本
に比較して、独自の章段、二段を合成した章段、逆に一段を二章段に分割したものがあり、定家本
に比較して、独自の章段、二段を合成した章段、逆に一段を二章段に分割したものがあり、定家本
純に計算できないが、定家本にあり、塗籠本にない章段は次の11章段と見てよいだろう。

136

これらの中で、77段以下の5章段は折句を持つものである。残りの6章段のうち、39段と67段に折句の章段との関連性が強いと思われる。39段と77段は葬儀の際のできごとを扱ったものであり、主人公のユーモラスな面と歌の批評文もよく似ている。67段は友達との逍遥の場面であるが、次の68段や87段（共に折句の歌を持つ）との関連が認められよう。

以上から、塗籠本にない11章段のうち、5章段が折句の段との関連性があると思われるのである。なぜ塗籠本にはこれらが欠けているのか。いくつかの脱落な

ら考えられないことではないが、11章段すべてとなるとそれも可能性は低い。ここには何らかの成立事情が絡んでいると思われるのである。

次は広本系と比較したい。これには大島本（大島氏旧蔵伝為氏筆本『伊勢物語に就きての研究』校本篇　池田亀鑑氏篇）を用いた。

定家本の15首16首と比較すると次の通りである。

○折句（沓冠も含む）成立　　　　　11段
○沓冠のうち、どちらか不成立　　　　0段
○折句不成立（二首のうち一つ不成立）1段
○章段そのものがない　　　　　　　　2段
○章段もあり、折句も成立するが、他本よりの転写とするもの　　　　1段

右のうち、折句不成立なのは94段の女の歌一首のみである。

26
32
39
46
55
67
77
94
101
116
117

```
定家本　千ゞの秋　一つの春に向かはめや
　　　　　　　　紅葉も花も　共にこそ散れ

大島本　千ゞの春　一つの秋にまさらめや
```

（以下は同じ）

このように「秋」と「春」とが入れ替ったため、「季にや漏れ」は成立しない。この場合、「千ゞの秋」とする定家本の方が、後句とのつながりが良く古い形であろうと思われる。

章段そのものないのは116　117段の二つであり、他の本から写したのは119段である。このことは、折句を持つ119段が他より遅れて成立したとの証拠となるであろう。又、118段も同様な註記があり、成立が遅れたことが分かる。

定家本にあり、大島本にない章段は次の3章段である。115　116　117段。遅れて成立したと思われる章段は118　119段の二つ。

この5章段のうち傍線を付けたのが折句の章段であり、物語の成立と折句は何らかの関連があると思われる。大島本も塗籠本と同じように、折句を含む一部の章段が欠けていたり、成立が遅れているのである。

（2）　片桐洋一氏の成立論について

次に片桐洋一氏『伊勢物語の研究［研究篇］』『伊勢物語・大和物語』鑑賞日本古典文学第5巻）

の成立論を検討したい。氏は、伊勢物語の成立を一次〜三次と成長して行ったとし、

○第一次「古今集」(成立以前に形をなしていたもの)

▲印はその一部を示す

2　4　5　▲9　41　69　▲82　▲83　84　▲87　99　107

○第二次「古今集」より古いとは思えないが、「群書類従本系業平集」「在中将集」「雅平本業平集」これら三系統の「業平集」にある歌を持つ段

1　10　16　39　40　42　43　44　45　46　47　48　51　52　66　67　68　76　77　78　79　80　81　85　86　88　93　94　100　101　102　103　123　125

(以上、『鑑賞』による。)

○第三次(その後、源氏物語ができる以前に増補されたもの)一次、二次以外の章段。

この二次成立の伊勢物語は後撰集(九五六)〜古今六帖(九七六?)の間であろうとしている。

片桐氏によれば、その後、一次、二次の伊勢物語の章段数は46章段ほどであったことになる。その時期は九五〇〜九七〇年代である。これは古今集の検討や、主に三種の「業平歌集」の緻密な研究から導き出されたものである。この片桐氏の大胆かつ明快な伊勢物語三次成立論は画期的なものであり、発表当初、私など大いに感心させられたものであった。しかし、いかにすぐれた論説といえ、仮説はやはり仮説なので、自分なりに検証を進めるうちに、私の発見した幾多の折句の章段との整合性がとれず、片桐氏説は成立しないとの結論に至ったのである。以下、これを詳説していく。

先述したが、定家本にあり、塗籠本にない章段は、11段あり、このうち、5章段が折句の歌を含む段であり、2章段は折句の歌はないが、関連段であった。塗籠本にはなぜこの11章段がないのか。これは大幅な脱落や作者による削除がないとすれば、定家本に比較してより古態を保っていると言えるのである。(塗籠本の古態性については後に述べる。)

片桐氏の第二次伊勢物語は、ほぼ46章段であったとするが、これと対照すると、

塗籠本にない章段（11章段）

26 32 39 46 55 67 77 94 101 116 117

このうち、片桐氏の第二次成立に含まれている章段は、39 46 67 77 94 101である。これら6章段はほぼ増補の最終段階で定着したと思われるから、片桐氏説と矛盾してしまうのである。私案によれば、これらの章段の増補（完成し定着した章段も含む）の時期は源氏物語成立以後（一〇〇〇年頃〜）と推定されるからである。

（3） 第一次成立について

片桐氏は、古今集の業平の歌に関して、その詞書が長大で伊勢物語と似ているのは、古今集が原型伊勢物語を採り込んだ結果であるとし、次の様に述べる。(『研究篇』Ｐ二八四)

古今集・伊勢物語重載歌の大半は古今集が既に存在する原型伊勢物語から採録したものであり、その他のいくばくかは、古今集が他の資料——たとえば業平の私家集——から採歌したも

のを、伊勢物語の方が、その成長の過程において物語化してとり入れたものと考えられるのである。

この論は、古今集に先行する「原型伊勢物語」を想定し、これから主に採歌し、従として「業平の私家集」など挙げる。もし、氏の説のように原型伊勢物語が既に成立していたなら、古今集の業平歌の詞書が特別に長いのもよく説明できる。

片桐氏が第一次伊勢物語とするのは、

2　4　5　41　69　84　99　107（8章段）と

次の章段の一部 9　82　83　87（4章段）の12章段である。問題となる章段を順次、検討していく。

○2段　古今集の詞書は「やよのついたちより、しのびに人にものらいひてのちに、雨のそぼふりけるによみてつかはしける」（本文は、『日本古典文学大系8』による）とあり、特に長大でもなく、物語化されているとも言えないだろう。これなどは、古今集の編者が家集などから採録したともとれる。

○41段　詞書「めのおとうとをもて侍りける人、うへのきぬををくるとてよみてやりける」とあり、物語化されているとは言えず、2段と同様、家集などからの採録ともとれる。

○69段　詞書「業平朝臣の伊勢のくににまかりたりける時、斎宮なりける人に、いとみそかにあひて、又のあしたに、人やるすべなくて、おもひをりけるあひだに、女のもとよりをこせたりける」とあり、「よみ人しらず」の歌とその「返し」として業平朝臣の歌が続く。この

141

章段は多少物語化されているとも言えるが、「かち人の…」の男女の連歌はない。片桐氏（『鑑
賞』）は大胆な推定として、

「原初形態の『伊勢物語』は『古今集』と同様に、この贈答で終わっていて（筆者注、女と
業平の二首のこと）、後の「かち人の…」の連歌を中心とする場面はなかったと思う。」

と述べている。とすれば、69段は一部のみの成立の方に分類されるべきだろう。69段も二人
の歌の贈答までとすれば、原型伊勢物語は必要なく、古今集の詞書を多少詳しくした程度で
あったろう。なお、この章段には、斎宮恬子が最終部分に紹介されているが、「斎宮なりける人」
と「斎宮」とは違うと言っても、この記事は業平にしても恬子にしても決して名誉なことで
はなく、恬子内親王の生存中は憚られたであろう。恬子は延喜十三年（九一三年）に他界し
ているから、古今集以後の成立と見たい。

○
4　5　84　99　107　これらの詞書のうち、99段などは特に長大とまでは言えない。同じく、
107段なども同じだが、三首合わせると物語化されていると言えよう。その他4　5　84段の
詞書は長大で物語化されていると言えよう。

続いて、章段の一部成立とされる4章段であるが、ただ欠けている部分に歌なり文なりを補
充すれば章段が完成すると言うのでなく、ある程度の道のりが必要である。このうち、9段に
ついては、その成立に私見があるので項を改めて述べる。

142

（4）　9段について

片桐氏は、短い章段や長い章段の物語でも、歌物語の構成は変るところがないとし、次のように述べる。（『伊勢物語の研究』研究篇）

この勢語九段の場合、「から衣きつつなれにし」の歌を中心とし「かれいひの上に涙おとしてほとびにけり」までで終る第一の部分、「駿河なる宇津の山べ」の歌を中心とする第二の部分、「富士の山を見れば」から始まって「時知らぬ山は富士の嶺」を中心とする第三の部分、そして「なほ行き行きて」から始まって「名にし負はばいざこととはむ」の歌を中心とする第四の部分に四分されることは誰しも認めざるを得ないところであろうが、その四部分の間には叙述上の相関関係や論理的因果関係は全く存在しない。

以上、引用させていただいたが、別の箇所でも、二十三段などにも言及され「〈二十三段〉は第一～第三部に分かれているが」この二十三段全体が緊密な構成を持っているわけではなく、いわば三つの場面をただ並列的に並べたという形態であることを認めざるを得ないので ある。」とし、「ただ歌を付加するのみで膨張」したのだと言う。

はたしてそうだろうか。そうではあるまい。氏はこれらの章段の有機的な繋がりを見落しているのである。私見によれば、9・23段は特に緻密に構築された章段であると思われるのである。23段で言えば、地名による言語遊戯があり、第一部は幼い恋の成就、第二部夫婦の愛の危機と愛の復権、第三部新しい女との愛の破局と、いわゆる歌徳説話的な緊密な構成を持ってい

ると思われるのである。

9段に戻る。古今集の詞書と伊勢物語の文章を比較すると、A部（から衣の歌を中心とした部分）の文章には、多少の違いがあり、C部（名にしおはゞの歌を中心とした部分）は、ほとんど同一である。私案は9段を三段に分け（片桐氏は四段に分ける）それぞれに落ちが認められる。

A　むかし、おとこありけり。〜

B　ゆきくて〜
　　かれいひのうへになみだおとして、ほとびにけり。

C　ゆきくて〜
　　なりはしほじりのやうになんありける。

　　舟こぞりてなきにけり。

これらは誇張による笑いの落ちであり、共に薄い塩水で共通している。

又、A部には、数字を使った言語遊戯と橋の強調が見られる。この橋の強調は「から衣…」の歌の沓冠を暗示していると思われる。Aは京を出発して八橋の場面、Bは駿河の国宇津の山の場面、Cは隅田川の場面へと移動して行く。ABCには、都を思い妻を慕う歌が三首あり、富士の嶺の歌が一首ある。実は、この男のモデルは倭建命と考えられるのである。倭建命は足柄山に於いて、妻を偲んで三たび嘆くが、男には三首の妻を慕う歌がある。又、その坂の神（白い鹿の姿）に襲われるが、B部には、富士の嶺（かのこまだらがある）の歌が一首ある。この

歌は旅の途中で富士山が見えたから詠んだ単なる風景描写ではないのである。このように見てくると、単に歌を並列的に並べただけではないと思われる。

これはA部の旅立ちの文からもうかがえる。『そのおとこ、身をえうなき物に思ひなして、「京にはあらじ。あづまの方にすむべきくにもとめに」とてゆきけり。』ここには男の疎外感があるが、古今集にはないものである。

続く文「もとより友とする人ひとりふたりていきけり。」にも工夫がある。文中の「友」には「とも」とする伝本もあり、又、「ひとりふたり」にも二様の解釈ができる。もし、これが倭建命としたら「元々の供一人と二人で旅立った」となる。倭建命は帝から軍衆を賜ることができず、一人の供と旅立っている（古事記による）。（「伊勢物語その遊戯性」三参照）

このように見てくると、古今集と伊勢物語の文章とでは、古今集の方が素朴である。原型伊勢物語→古今集への流れは考えにくく、もし、原型伊勢物語が存在していたとしても、業平の歌日記風であったと思われるのである。

片桐氏の言う一部成立とされる4章段のうち、9段を検討したのであるが、他の3章段についても原型伊勢物語から現伊勢物語への道のりは容易ではないと言えるだろう。

結論として、片桐氏の第一次伊勢物語の提唱する「原型伊勢物語」は4 5 84 99 107段の5章段ほどにとどまり、残りは完成の域に達していないと言えよう。この点、原型伊勢物語を想定しなくても、業平歌集などがあって、この詞書が肥大化していたともとれよう。特に9段の二首（「唐衣…」と「名にしおはば…」）の古今集の詞書による場面設定は長大であり、歌

145

を最大限生かそうとする姿勢が感じられる。ここには業平に対する特別な好意を認めることができよう。古今和歌集仮名序の評で「その心あまりて、ことばたらず。しぼめる花のいろなくて、にほひのこれるがごとし。」とあり、業平の詞書が長いことへの言い訳にもなっている。「詞を補ってやれば再度開花する」ということなのであろう。ただ、編者が勝手にこの歌にはこの場面が相応しいとは設定できないだろうから、原資料にある程度の長さを持った詞書が付属していたと見たい。これを原型伊勢物語と呼べるか、問題は残るであろう。

なお、山田清市氏（『伊勢物語成立論序説』Ｐ二三）は、伊勢物語４段に触れ、現存本「古今集」と、古今集の初期資料古今集「荒木切」とを比較検討し、次のように述べている。

かくて両者を勘案すると、現存古今の「業平」歌に関する詞書は、その書写伝流過程で、勢語の影響を受けて、後に潤色されたということが考えられるに至るのである。

この山田氏の言う伊勢物語からの古今集への影響は否定できないであろう。古今集の歌そのものも墨滅哥などもあり、異同があるから詞書なども多少の変化はあったであろう。しかしながら、業平歌の詞書が長大で一部物語化されていることは認めざるを得ない。要は、これが原型伊勢物語を採り込んだ結果なのかどうかだが、原型の捉え方にもよるがかなり難しいと思われるのである。

（5）第二次成立について

二次成立章段に移る。主に三系統の「業平集」が採録した歌がほぼ一致しているのは、当時の伊勢物語の姿を反映したものとして、34章段を挙げる。一次と合わせて46章段となる。時期は10世紀中葉以後から、20〜30年間の間に増補されたことになろう。この成立論は先述したように、三種（主としては「在中将集」「雅平本業平集」）の業平集を綿密に調査検討して導き出した論説である。

しかしながら、この緻密な片桐氏説にも問題点があると思われる。

片桐氏の第一次伊勢物語と同じように、第二次も必ずしも明確なものではないのである。

氏の『伊勢物語の研究【研究篇】』で、「在中将集」の撰集資料となった当時の伊勢物語は、百二十五段本のうち、最大限

102	79	44	1
103	80	45	2
106	81	46	4
107	82	▲47	5
123	83	48	▲9
125	84	51	10
	85	52	16
	86	▲59	17
	▲87	66	19
	88	67	▲25
	93	68	▲39
	▲94	▲69	40
	99	76	41
	100	77	42
	101	78	43

（▲印は一部成立した章段）

以上の51段しか含んでいなかったとする。なお、最大限と断っているのは、伊勢物語以外の資料、古今集・後撰集・大和物語などから採録された可能性があるためである。ところが前述した氏の『鑑賞』によれば、一次と二次を合わせて46章段を認定している。「在中将集」のうち、

17 19 25 59 106は外されている。なぜ、これらが第二次に含まれないのか、その理由は必ずしも明確ではない。

さらに問題なのは「雅平本業平集」の扱いである。同様に章段を挙げると、

1
2
5
▲9
10
16
17
18
19
25
▲39
40
41
42

45
46
47
48
▲59
66
67
68
▲69
76
(77)
78
79
80
81

▲82
83
84
85
86
▲87
88
93
▲94
97
101
102
103
106
107

▲125

〔注（　）の三章段は本来存在したが、欠脱したと推定する。〕

「雅平本」によれば、右に挙げた46段（最大限）程度であったと推定する。このうち『鑑賞』は、17 18 19 25 59 106の7段は二次から除かれている。「在中将集」で除かれた五章段とその他の二章段が増えたことになる。

この二次から除かれた七章段については、17〜25は男女の贈答歌による章段構成だが、男の歌のみだったりしてまだ完成の域に達していないと見たのであろう。ただ、この内17段は除かれなくても良かったと思われる。残りの三章段の内、59段は二首の内、一首を欠き、97段は、「桜花散りかひ曇れ…」の歌が業平の兄、行平の作として雅平本以外採っていないので外したのであろう。106段は業平の屏風歌としてあるため除かれたと思われる。しかし、このような処理は、業平歌集が当時の伊勢物語に依拠して採歌・編集されたとする主張と矛盾することになろう。

次に、39段と77段の問題に移る。片桐氏はこの二章段を第二次の成立（九五六年〜九七六年頃の間）としている。私はこの二章段は塗籠本にないことを主な根拠として、源氏物語以後

（一〇〇〇年以後）の成立と見たい。

まず39段であるが、この内容は皇女崇子の葬儀の際、業平と源至との歌のやり取りからなっている。「在中将集」には、伊勢物語とよく似た詞書と二人の歌が採られている。「雅平本」では、至の歌が欠けている。この本だけならば一方の歌がないので、第二次成立から除かれたのかも知れない。塗籠本にはこの章段はないから、当然その逆に、なんらかの理由で削られた章段もあったであろう。増補を重ねてきた伊勢物語の章段の中で、未完成のうちに脱落してしまった可能性があろう。例えば、「雅平集」の7「いせのうみ…」と8「おほろけの…」の贈答歌が、現伊勢物語にはない。これはもともとはあったが、7の歌が業平作でないので外されたのであろう。

次は77段についてであるが、この章段の内容は、女御多賀幾子の葬儀の際の業平の追悼の歌から成っている。「在中将集」には、

　女御たかきこときこえし、御はて安祥寺にてありし日

　　山のみなうつりてけふにあふことは

　　　春のわかれをとふとなるべし

77段も葬儀の場面で39段と似ている。77段は「雅平本」にはない。これを片桐氏は77、78、79の三章段は「雅平本に本来あったものが脱落した」と推定している。該当の箇所を挙げる。

　　人のほう事を、つねゆきの大将し給ひし、まうでたりしに、（脱落有ルカ）ふぢのはなのいとあはれにさきたりしに、あめいといたうふりしに、そのはなをおりて、人にたてまつ

る。三月つごもりなり

　ぬれつゝぞしゐておりつるとしのうちに
はるはいくかもあらじとおもへば

（本文は片桐洋一氏〔資料篇〕による）

　「ぬれつゝ…」は80段の歌である。確かに常行の大将の部分は80段とはなじみない。常行が法事に登場する場面は現伊勢物語（定家本）では、77　78段である。このどちらかの可能性があろう。ところが片桐氏は「雅平本」は「在中将集」と違って記述の仕方にある連続性が認められるとし、77　78　79段が脱落し、80段に続くとするのである。私はここは78段だけで十分だと思う。「人のほう事…」の部分で、「まうでたりしに」とあるが、現伊勢物語では78段に「まうで給ひて」とあり、「石を贈る」話であり、これが「花を贈る」話に目移りしたのであろう。脱落したのは78段一段のみで数行程度であったため、「雅平本」の編者はそのまま見落したのであろう。

歌	在中将集	雅平本
39段・いでていなば	42	26
・いとあはれ	43	ナシ
77段・山のみな	44	ナシ

　39と77段は法事の折の内容で共通しているが、「在中将集」と「雅平本」との関連でも共通する点がある。

このように「在中将集」は連続しており、「在中将集」にある歌が「雅平本」（補・補々も含む）にないのは右の二例のみである。39と77段に限ってみれば、「在中将集」の成立が「雅平本」より遅いと思われるのである。この2章段は他より遅れて完成したものと見られるのである。ここは3章段の脱落とするのは無理なのである。

　　（6）　成立論批判

　今まで見てきたように、第一、二次に成立した章段は46段ほどであったとする。その時期は先述したように、後撰集以後、古今六帖以前（九五六年～九七六年頃）とみている。残りの章段は第三次となるが、この増補を片桐氏は「源氏物語」ができあがる頃（一〇〇〇年頃か）としている。

　片桐氏説はおよそ、

1　第1次　12章段ほど　古今集以前　（九〇五年）
2　第2次　34章段ほど　古今六帖以前（九七六年頃か）
3　第3次　79章段ほど　源氏物語以前（一〇〇〇年頃か）

　片桐氏はこれを三種の業平集の検討によって導き出したのであるが、この説は妥当であろうか。私は三つの理由から難しいと思う。これを順次述べていく。

　第一の理由は前述したように塗籠本の欠段との整合性がとれないことである。

　第二の理由は「在中将集」と「雅平本業平集」の捉え方、位置付けに問題がある。片桐氏は

次のように述べる。（『研究篇Ｐ一七三』）

　在中将集と雅平本業平集は編集方針が全く異なる。在中将集の場合は前述したように古今集をまず第一資料として撰集し、続いて後撰集・伊勢物語・大和物語などによって和歌を付加して行くという方針であったが、雅平本の方は伊勢物語の方を優先してとっている。

　片桐氏はこのように述べ、「雅平本」から導きだせる当時の伊勢物語は46章段程度であったとする。（77・78・79段も含む。）雅平本は伊勢物語を優先して採っているのも認められる。しかし、ここに大きな疑問を抱かざるを得ないのである。もしそのようであれば、雅平本の編者は誠実に業平歌集の編纂に取り組んでいないのではないか、との疑問である。なぜなら、古今集の業平歌30首（但し、行平歌と思われる349「さくら花ちりかひくもれ…」も含む）のうち、3首（268・476・971）を漏らしているからである。当時の第一級資料である古今集をなぜ疎かに扱ったのだろうか。又、大和物語からも歌を採っていない（古今集との共通歌はある）。後撰集も参照する必要もない。（大和物語・後撰集については後にふれる）

　雅平本68首の業平関連歌のうち、当時の伊勢物語から採択したのが65首になり、残り3首は次の通りである（数字は雅平本の歌番号）。

7　かへし
　いせのうみにあそぶあまとも…（省略）

8　おほろけのあまやはかづく…（省略）

あるをんなに

おもふところありて、　さきの太政大臣によせ侍

たのまれずうきよのなかを…（省略）

10

この3首であるが、　いずれも後撰集にある歌である。　7と8については、　後撰集では作者を業平と伊勢との贈答歌とするが、　この二人では時代が合わず「藤原なかひらと伊勢」の誤りとされる。

片桐氏によれば、　雅平本の編者は、　古今集・後撰集・大和物語・伊勢物語から業平歌を採択したとするが、　実際は伊勢物語から65首を採り、　残り3首を後撰集から採ったのである。　そうだとすれば、　雅平本の編者には厳格な言い方になるが誠に安直な編集を行ったと言わざるを得ないのである。　が、　そうではあるまい。　雅平本の編者は「伊勢物語の総て」を採ったのでなく、「伊勢物語の業平歌・その関連歌」を選別したのである。　そうでなければ雅平本の存在価値がなくなるであろう。　当時の伊勢物語は増補されるにつれ、　業平以外の歌も多く紛れ込む傾向が強まり、　それを峻別しようとしたのであろう。

それでは雅平本にあり、　伊勢物語にない先述の3首はどう考えるべきだろうか。　雅平本は伊勢物語の中から選別したとすれば、　当然その3首も伊勢物語に存在したと思われるのである。　その後、　なんらかの事情により脱落したのであろう。　伊勢物語は短い章段が多いから、　増補も脱落も比較的容易であったろう。

これに対し、　在中将集は伊勢物語に限定するのではなく広く業平歌を採択している。　まず古今集からは29首、　行平歌一首を除いてすべて採っている。　但し、　古今147「郭公ながなくさと…」

を業平歌とするが古今集ではよみ人知らずの歌である（伊勢物語　43段）。後撰集に対しても

同傾向が認められる。後撰集には業平歌が10首あるが、実は業平以外の作も混入しているとす

る説が有力である。後撰集の業平歌は224　252　628　891　967　1083　1125　1231　1244　1352、在中将集で

は224　252　1083　1125　1231　1244の6首である。残りの4首は古資料から別人の作とするのが適切と

思われるから、在中将集は正確に業平歌をすべて採択していることになる。但し、後撰集1233「世

の中を…」はよみ人知らずの歌とされる。古今集と後撰集のそれぞれ1首、よみ人知らずの歌

などは、在中将集の適格な判断力から見て、業平作とするなんらかの根拠があったのかも知れ

ない。

第三の理由は大和物語との関連である。　片桐氏は雅平本と在中将集の成立を後撰集以後古今

六帖以前（注、九五六～九七六頃の間か）としている。

大和物語166段の末尾に「これらは物語にて世にあることどもなり。」の一文があり、この物

語とは伊勢物語と思われ、該当する章段は大和物語160～166段の計7章段である。このうち、160

段は現伊勢物語には存在しない。残り6章段の対応を示すと次の通りである。（上が大和物語）

・161－3と76　　164－52

・162－100　　・165－125

・163－51　　・166－99

現伊勢物語とは多少の違いはあるが、大きな違いは大和物語161段が、伊勢物語の3、76段とを

合体した形で採録していることである。これを見ると、大和物語の編者が適当に選んでいるよ

うに見えるがそうではなく、ある程度、当時の伊勢物語の章段の配列、内容を選別しているよ

うだ。すなわち、161段は二条后との物語、166 162段（伊勢物語99 100）高貴の女性とのゴシッ
プ記事、163 164段（伊勢物語51 52）しゃれた小話風の物語（物名と折句の技法の歌がある）、
165段（伊勢物語125）業平の臨終の場面等、伊勢物語の特徴をよく捉えているように思われる。

在中将集はこれら大和物語7章段から業平歌を採っている。現伊勢物語125段には大和物語の160段
に相当する章段はないが、これは脱落したと思われる。同じく、伊勢物語125段の業平の歌「つ
れぐと…」も脱落したのであろう。逆に伊勢物語3段は在中将集には見えないから、これは

後に付加されたのであろう。

問題となるのは、雅平本ではこれらの多くが採択されていないことである。採択されている
のは伊勢物語76 125段の2章段のみである。これらは古今集にもあり、比較的早く成立した章
段と考えてよい。雅平本は大和物語とは没交渉なのである。これで雅平本と在中将集がほぼ同
時期、やや在中将集が遅れた程度の成立と言えるだろうか。そうではなく、前者の成立後、あ
る期間遅れて後者が成立したと見るべきなのである。但し、大和物語の成立時期は幅があり、
大和物語も増補を受けており、（伊勢物語もこの部分に含まれている）確定は困難である。雅
平本は後撰集以前とし、在中将集はそれ以後とするに止めよう。雅平本を後撰集以前とするの
は、後撰集1352 「いとゞしく…」（伊勢物語7段）を漏らしているためである。雅平本の編者の
基準によれば採択されてしかるべき章段だろう。

このように、雅平本は大和物語と没交渉であり（当時の伊勢物語には3 51 52 99 100段
はなく）、在中将集は3段を除いてすべて採録していることになる。伊勢物語の該当章段が成

立後、流布されて大和物語に採録されるまでには時間差を考慮に入れねばならない。これと対応して

もう一つ、大和物語に関連する問題点がある。それは大和物語149段である。これと対応して

いるのが伊勢物語23段であるが、古今集にある「風吹けば…」の歌の場面などは既に成立して

いただろう。但し、これは業平の歌ではないから、当時の伊勢物語にあっても、雅平本や在中

将集は採択しないのは当然である。

以上、片桐氏説の問題点を述べた。

二

（1）成立論の経緯

前項で片桐氏の三次成立論の成立し難いことを述べてきたが、引き続き成立に関する問題を

改めてふり返り私案を提示したい。伊勢物語が一人の作家の作品ではなく、増補が積み重なっ

た結果と見れば、成立時期もある程度の幅を取る必要があろう。

まず初期段階では、古今集との密接な関係が認められるから、古今集を基軸にして、それ以

前か、以後かが問題となる。その後、それらがしだいに増補されながら、いつ頃、現伊勢物語

に近いものへと成長していったか大変難しい問題である。

古くは「延喜以前の成立で在五中将の日記」（藤岡作太郎氏『国文学全史』平安朝篇）とす

る説もあるが、古今集以前の成立を認める研究者は少ないようである。

南波浩氏（前出）は、伊勢物語の形成は「古今集以後」であるとし、古今集の業平の歌二九首（行平の作と思われる一首を除く）はすべて採られ、しかも鎌倉初期に業平自筆本と称されるものの最初の歌「名のみ立つ」と、その返歌「庵多き」が古今集にはないが、現行伊勢諸本に贈答歌として記されていることなどから、古今集以後の成立であるとする。

一方、後撰集では業平と記されている歌が十首あるが、そのうち二首は他の人の作品と思われ、これを除くと業平の歌は八首になる。ところが、後撰集から伊勢物語に採られているのは四首にすぎない。他の四首にしても伊勢物語の素材として適当と思われるのに、伊勢にないのは、後撰集の成立以前に、既に伊勢物語が成立していたためとしている。南波氏は、このように古今集より後、後撰集より前の成立としている。

これは古今集と後撰集の依存度の違いから導き出された論説である。この説に対しては、伊勢物語が業平歌だけを採用しているのなら分かる。確かに伊勢物語の成長の当初は業平歌を中核としてきたろうが、しだいに物語の虚構性が高まるにつれ、業平歌に限らず他者の歌も採られ増補されてきた傾向は否めないのである。

池田亀鑑氏は、成立の時期を大体「古今集」撰進後から安和（九六八・九六九）以前の約半世紀間としている（『伊勢物語』学燈文庫）。又、大津有一・築島裕両氏も「伊勢と後撰との関係は明らかでない」「ある程度の増補修正が天暦以後加えられたことは、大体認めてよいと思うが、一応伊勢物語としての体裁を整えた時期を、天暦以前とみるか、それとも天暦以後へ下

157

げるか、この決定は容易ではない」（日本古典文学大系9 『伊勢物語』）とする。以上、見てく

ると、古今集以後では一致しており、その後の成立時期に差がでている。これは後撰集と伊勢

物語の関係が必ずしも明白ではないとされているためである。

なお、伊勢物語の歌のうち、最も作歌年代の新しいと思われる歌は、「拾遺抄」（長徳三年

（九九七）頃成立か）で採られている橘忠幹の「わするなよ…」で、伊勢物語11段にある。こ

の歌を拾遺抄から伊勢物語が採録して物語化した可能性がある。

石田穣二氏『新版伊勢物語』角川文庫）は、「忠幹は天暦九年（九五五）に没しており、そ

の青年時代として、延長（九二三〜九三〇）か、承平（九三一〜九三七）年間あたりが、考え

うる上限である。」と述べている。この歌が拾遺抄以前に広く知られていたとしても、伊勢物

語の成立を早めることは無理であろう。今、この両者を比べると、

○拾遺抄

　　橘ただもとが人のめにしのびてものいひ侍りける頃、遠所まかるとて、その女のもとにつ

　　かはしける

　　　忘るなよほどは雲井になりぬ共

　　　空行雲のめぐりあふ迄

○伊勢物語11段

　昔、おとこ、あづまへゆきけるに、友だちどもに、みちよりいひをこせける、

　（歌は同じ）

拾遺抄では、男がこれから遠方に旅立つので、忍んで通っていた女性になごりを惜しんで贈った歌である。伊勢物語では、東への旅の途中で、友人たちを偲んで贈った歌である。

この両者とも話の筋は通っている。まず伊勢物語から拾遺抄にヒントを得て、できる。伊勢物語からは忠幹の秘めた恋は出てこない。逆に伊勢物語が拾遺抄から採録したとすることは否定で忠幹ではなく、男の東下り風の物語として、「忘るなよ…」の歌を利用した可能性はあろう。別に、

伊勢物語が拾遺抄からでなく、他の資料（伝聞）などから採録もあり得るが、拾遺抄に関連した他の5章段（61 71 74 116 120）から見て、拾遺抄の影響を排除するのは無理であろう。

伊勢物語の成立時期の確定が難しいのは、これら後撰集・拾遺抄（集）との関連をどのように捉えるかによって大きく変動するからである。私見によれば、伊勢物語はこれらに関連する章段をすべて採り込んだ方がその成長の過程をよく説明できるように思う。

森野宗明氏は、大方の支持を得ている成立論について、次のようにまとめている。

まず、「（原）伊勢物語」というようなものを考え、その上に「後撰集」や「拾遺集」を利用して増益され、話が加わったといった程度のところが、「後撰集」「拾遺集」とのかかわりのようではないか。

で、結局、「（原）伊勢物語」は、「古今集」と深くかかわり、「古今集」成立以後の成立で、それが「後撰集」さらに「拾遺集」などを利用してふくらみ大きくなりながら現存のような形態をとるにいたったと考えるのが穏当なところではないか。（『伊勢物語』講談社文庫）

宗野氏はこのように述べ、伊勢物語が「後撰集」「拾遺抄」を利用して、成長したとしている。

従って、伊勢物語の完成は「拾遺抄」の後となる。

私案はこの森野氏のまとめた成立過程にほぼ一致するもので、これら大方の支持する成立論と特に大きな違いはない。但し、私の成立論は伊勢物語の作品自体の内部徴候に基づくものであり、具体的には「折句」の歌を含む章段の新たな発見による。これらの独自案を一試論として展開したいと思うのである。

（2） 成立論私案

私案は、古今集・後撰集・拾遺抄（集）などの成立期を一つの区分として述べることにする。

(一) 古今集以前

古今集以前に伊勢物語が成立していたとは考えられないが、原型伊勢物語と呼べるようなものが存在したか、否かの見解の分かれるところである。片桐氏は第一次伊勢物語として、12章段を提示している。（『鑑賞日本古典文学 伊勢物語・大和物語』）これについては、先述したように原型伊勢物語はさらに小規模なものであり、業平の歌日記風のものが肥大化ものとも言えよう。

160

(二) 古今集成立後（延喜八年、九〇八年頃）～後撰集成立（天暦五年、九五一年～数年後の間に成立）

以前まで〈九〇八年～九五六年までの約五十年間〉

この五十年間に伊勢物語は、流動的ながらゆるやかな完成といえる所まで整ったと思われる。（但し、9　23段のように一部のもの、未完成の章段数は最大で約95段程度と推定される。

段も含む）

ゆるやかな完成というのは、この段階ですでに業平の一代記風の構成を持っていたと思われるが、初発の1、2段と終結の124、125段（定家本系天福本の場合）が、不安定なためである。1、2段は石田穣二氏（前出）の述べるごとく、伊勢物語の流れを決定づける始発の重要な章段である。ここで男の元服から、若き日の二条の后への恋愛と失恋、東下りと進行していく。ところが、この頃の伊勢物語を反映している（片桐氏説、前出）とする異本業平集（宮内庁書陵部所蔵・雅平本とも呼ぶ）によれば、

「かすがのゝわかむらさきのすりごろもしのぶのみだれかぎりしられず

返し

みちのくのしのぶもぢずりたれゆへにみだれそめにしわれならなくに」

とあり、現伊勢物語と相違し、二首目が返歌となっているのである。

124、125段も同じく重要な章段と思われるが、124段の歌「思ふこと…」の歌、これは折句「老いや陀び」を持った歌であるが、先の業平歌集などには見えない。ところが、大和物語165段、業平の終焉の場面では、一首目に「つれづれと…」の業平の歌がある。この歌は現伊勢物語に

161

はない歌であるが、在中将集や異本業平集（補々の部）に大和物語と似た詞書とともに採られている。すると、このような結末を持った伊勢物語が一時期存在した可能性がある。その後、この終末の段が124段と結びつくことによって駆逐されたのであろう。確実に業平作と思われる「つれづれと…」の歌を捨て、誰の作とも保証しかねる「思ふこと…」（後に新勅撰集に業平作とするが）を配置した。この124 125両段の組み合わせは物語のしめくくりとしてすばらしいものであるが、この完成までは至っていない。その他、9 23段などは一部のみの未完の状態だったと推定される。

以上、この段階では伊勢物語はまだ完成とは言えず、流動的な面が残されていた。私はこれを「ゆるやかな完成」とする。章段数については、業平の歌、主に古今集の歌を中核として次々に増補を重ね、最大95章段程度になっていたと思われる。最大95章段とするのは、これ以後増補されたと思われる最大章段数30を除いた数字である（125段本の場合）。

後に増補されたと思われる章段を挙げると、

100	55	3
101	▲61	7
111	67	▲11
114	71	26
115	74	32
116	▲77	▲39
117	82	▲46
118	91	51
119	▲94	52
120	99	54

（▲印は、未完成で存在していた不安定な章段で、塗籠本では脱落した章段）

（三）　後撰集以後（第1増補期）（九五六年頃〜）

ゆるやかな完成程度の伊勢物語は、後撰集以後、次の増補を受けたと思われる。

第一グループ　51　52　99　100　3　（大和物語関連）

第二グループ　7　54　82　91　111　114　（後撰集関連、但し、61は拾遺抄に数える）

まず第一グループ、大和物語関連であるが、先に比較検討したように雅平本には76　125の二章段しかないが、在中将集にはこの二章段も含めて6章段の歌が採られている。この場合、雅平本は大和物語から採択したのでなく、125段などは古今集から採られているのは明らかである。

大和物語の成立について、阿部俊子氏、今井源衛氏（「大和物語」岩波古典大系）は、大和物語は天暦五年（九五一年）頃原形ができ、その後、増補を受け、現状の形になったのは拾遺集以後か、とおよそ述べている。又、伊勢物語に関する部分は増補されたとする。但し、大和物語に定着する以前に、伊勢物語のこの部分は流布していたはずで、これは後撰集成立後、まもなくで、拾遺集成立以前と見たい。但し、例外として、大和物語161段は、伊勢物語の3段と76段を合体したような形になっているが、この3段の成立はさらに遅れたようである。逆に、伊勢物語23段などは既に成立していたと思われる。

続いて第二グループを検討する。

○7段　後撰集「いとゞしく…」の作者は元々は「よみ人しらず」であり、伊勢物語がこれを採用したため、作者業平となったと思われる。

○54段　後撰集「題しらず」「よみ人も」の歌であり、どちらも簡単で両者の関連は不明。

○伊勢物語82段

惟喬親王が離宮にお帰りし、御寝所にはいろうとした時に、馬の頭が次の歌を詠む。

　飽かなくにまだきも月の隠るるか
　　月の端逃げて入れずもあらなむ

親王に代り奉りて、紀の有常、

　おしなべて峯も平らになりななむ
　　山の端なくば月も入らじを

後撰集では

　月夜に、かれこれして　かむつけのみねお
　をしなべて峰も平らになりななん
　　山の端なくは月も隠れじ

両者とも月を詠っているが、情況に違いがある。作者も違い上野峯雄は、業平らと同時代の人である。歌の第五句も違う。これを伊勢物語から後撰集が採り込んだとすることは困難であろう。作者、第五句を変えて採る理由はない。逆に、後撰集の歌を利用し、82段の最後に増補したのであろう。（この82段は、ほぼ完成していた章段に後撰集の「をしなべて…」の歌を入れて整えたのであるから、「ゆるやかな完成」の章段に数えてもよいが、煩雑になるので第1増補期とした。）

○伊勢物語91段

（本文）

むかし、月日のゆくをさへ歎く男、三月つごもりかたに、

おしめども春のかぎりのけふの日の

夕暮れにさへなりにけるかな

後撰集では、

題しらず　　よみ人も

（歌は同じ）

この場合も、後撰集が伊勢物語から採ったとするのは困難である。もし採ったとするなら、題しらずではなく、せめて「やよひのつごもり」ぐらいは書けたであろう。

○伊勢物語111段（便宜上、歌に番号を付けた）

昔、男が高貴な女性のところへ、弔問のような素振りをして歌を贈る。

1、いにしへにありもやしけむ今ぞ知るまだ見ぬ人を恋ふるものとは

返し（女の歌）

2、下紐のしるしとするも解けなくにかたるがごとは恋ひずぞあるべき

また、返し（男の歌）

3、恋しとはさらにもいはじ下紐の解けむを人はそれと知らなむ

後撰集では

3、恋しとは更にも言はじ下紐の解けむを人はそれと知ら南

　　　　　　　　　　　　　　　　　在原元方

2、下紐のしるしとするも解けなくに語るがごとはあらずもある哉

返し

　　　　　　　　　　　　　　　　　よみ人しらず

この両者は、歌の並ぶ順序が入れ替っている。伊勢物語には三首の歌があるが、このうち1の歌を除いた場合、2、3の順には違和感がある。二首だけの場合、後撰集の順が適している。又、後撰集の「下紐の…」の歌の第五句が違って、伊勢物語がユーモラスな章段に仕立てたと思われるのである。この点から後撰集のこの二つの歌を利用して、伊勢物語がユーモラスな章段に仕立てたと思われるのである。後撰集が伊勢を利用したとすると、わざわざ1を除き、2と3の順を逆許されることである。これは物語であるからにし適当に戻して記載したことになるからである。

○伊勢物語114段

仁和帝の芹川行幸にお供をした鷹飼いの翁の歌

翁さび人なとがめそ狩衣

けふばかりとぞ鶴も鳴くなる

これを聞いて、帝の御機嫌が悪くなった。年老いた自分のことを言われたと思ったからである。

後撰集では

おなじ日、鷹飼ひにて、狩衣のたもとに鶴の形を縫ひて、書きつけたりける

翁さび人なとがめそ狩衣

（左注）　今日許とぞ鶴もなくなる

後撰集のこの歌は仁和帝の芹川行幸の際ものりで、この歌の前にも在原行平の歌が採られ、二首で一組になっている。なお「翁さび…」の歌の左注、「又の月」は「又の日」の誤りと考えられる。伊勢物語はこの歌を採り込んで歌物語化したのであろう。行平のこの二首は後撰集巻第十五の巻頭に置かれたもので、歌の内容から、帝を怒らせるようなものではなく、何ら問題はないものである。この時、行平六十九歳、帝五十七歳で両者とも高齢であった。行平は次の月（正月）に七十歳になり辞表を出している。

以上、後撰集の歌を持つ6章段を検討したが、54段を除けば、いずれも伊勢物語が後撰集から採り入れたのは明らかである。保留した54段も、拾遺集の検討（続いて行う）から見て、後撰集から採用したとの推定ができると思うのである。

（四）　拾遺抄（集）　以後　〈長徳三年、九九七年頃〜〉

(1)第2増補期

拾遺抄、拾遺集と伊勢物語が関連する章段は次の6章段である。

11　61　71　74　(116)　120

なお、61段は後撰集とも関わるがここで扱う。又、116段は折句の歌を含む章段で成立が少し遅れたと思われるので次で検討する。

右の5章段の歌の作者を見ると、業平の歌は61段のみで、他の4首は万葉集に類歌があるもの、よみ人知らずのもの等、後撰集に比べて業平歌の比重が下がってきている。順次検討していく。

○伊勢物語11段

これについては既に（1）で述べたが、拾遺抄（集）成立以後とするのが無理のないところであろう。その他の歌も、拾遺集から採っていると思われるからである。

○伊勢物語61段

昔、男、筑紫までいきたりけるに、「これは色好むといふすき者。」とすだれのうちなる人のいひけるをききて、

染河をわたらむ人のいかでかは

色になるてふことのなからむ

女、返し、

名にしおははあだにぞあるべきたはれ島

浪の濡衣きるといふなり

拾遺集では、

染河を渡らん人のいかでかは

色になるてふ事のなからん

在原業平朝臣

168

後撰集では、
　たはれ島を見て
　　名にしおはばあだにぞ思たはれ島
　　浪の濡衣幾夜着つらん

この後撰集の歌はよみ人しらずの歌で、第二、五句が違う。この章段も伊勢物語の作者が両歌集の歌を使って物語化したものであろう。逆に、後撰集が61段の二首目を採り、拾遺集が一首目を採ったとする可能性は低い。

○伊勢物語71段
　昔、男が帝の使いとして伊勢の斎宮に参った所、女から（次のような歌が届く。）
　　ちはやぶる神の斎垣も越えぬべし
　　大宮人の見まくほしさに

　男、
　　恋しくは来ても見よかしちはやぶる
　　神のいさむる道ならなくに

拾遺集では、
　　　　　　柿本人磨
　　ちはやぶる神の斎垣も越えぬべし
　　今は我が身の惜しけくもなし

169

この歌は伊勢物語では女の歌、拾遺集では柿本人麿としている。第四、五句も違っている。

この章段は、拾遺集が伊勢物語から採ったとは考えられず、伊勢物語が後であろう。

○伊勢物語74段
　むかし、男、女をいたう恨みて、
　岩根ふみ重なる山にあらねども
　　逢はぬ日おほく恋ひわたるかな

拾遺集では、
　岩根踏み重なる山はなけれども
　　逢はぬ日数を恋ひやわたらん

拾遺集のこの歌の作者は坂上郎女であり、第五句が少し違う。これなども伊勢物語が後であろう。

○伊勢物語120段
　むかし、男、女のまだ世経ずとおぼえたるが、人の御許に、忍びてもの聞えて、後ほど経て、
　近江なる筑摩の祭とくせななむ
　　つれなき人の鍋の数見む

拾遺集では、
　いつしかも筑摩の祭早せなん
　　つれなき人の鍋の数見む

170

この歌はよみ人知らずの歌であり、初句などは違うが、伊勢物語と同じ歌の異文もある。この歌の場合、必ずしも拾遺集から採ったとは言えないが、やはりユーモラスな歌を利用して物語化したのであろう。以上、拾遺集の6首をすべて採り込んだと思われる。

この後の章段の整備と塗籠本の分離について述べる。

後撰集以前に、ゆるやかな完成を見た伊勢物語（最大95段）も、第1、第2の増補を受け、その後、章段の配列が整えられるに至り、伊勢物語も一応の完成の域に達した。拾遺集から採り込まれた

11 61 71 74 120段の配置はそれぞれ、ふさわしい所に収まっている。章段数は

ほぼ111段ほどであったろう。

この段階で塗籠本（111段）は分離したと思われる。塗籠本は、第1増補（後撰集より）は全て採り込んだ。が、第2増補（拾遺集より）6章段のうち、5章段を採り込みながら1章段、116段だけは採っていない。これは折句の歌を持つ章段であり、折句の歌を持ついくつかの章段は遅れて成立したと思われる。ここまでを簡単にまとめると次のようになる。

物語の成立過程（125段本の場合）

1、ゆるやかな完成（後撰集成立以前、九五六年頃）

最大で95章段（未完成な章段も含む）

2、第1増補期（後撰集成立九五六年以後〜）

大和物語、後撰集より 11章段

3 51 52 99 100 7 54 82 91 111 114（61段は別に数える。82段は「ゆるやかな

「完成」に入れてもよい）

3、第2増補期（拾遺抄・集成立以後九九七年〜）

拾遺抄の歌を採り込む　5章段

11　61　71　74　120　（116段は含まず）

4、以上、最大111段ほどの章段構成が整備され、章段の配置もほぼ固まり、伊勢物語の祖本と呼べるような伝本が出現した。これが旧塗籠本である。この本は一旦は増補の波動から離れ、独自の道を進むことになる。（なお、39　46　67　77　94　101の六段はこれ以前に脱落したと思われる。）

(五)　増補の最終段階（源氏物語成立以後一〇〇〇年〜）

第3増補期

○塗籠本にない章段

第一グループ　26　32　　▲39　　▲46　55　　▲67

第二グループ（折句の段）（イ）　▲77　94　　▲101

（ロ）116　117

これらは塗籠本にない章段である。第一グループは折句のない段で、▲39など▲印の付いた章段は前々から物語に存在していた章段だが、未完成のうちに塗籠本からは脱落し、逆に天福本、大島本では完成し定着した章段である。ここは増補ではなく完成した章段とも言える。

172

大島本は第一グループと第二グループ（イ）を採り込み章段構成が行われた後に分離した。この時点で大島本は120段ほどとなる。この第3増補と次の第4増補は折句や物名の歌が多いので、増補者は一人と限らないが、これらの技法を持った歌を採り入れようとする編者の強い意志を感じる。この後、広本系と定家本系とは分離するが、大島本に増補された9章段の配置を見ると、定家本系の天福本と大差ない。このことから、両者の分流は章段構成の後であったことが知れよう。

定家本は第一、第二グループを採り込むが、（ロ）116　117の2章段は、広本系との分離後に増補されたと思われる。この2章段は、短いながら折句の歌を中心に据えて構成されている。この増補の時期は不明だが、源氏物語以上の増補により、定家本の章段数は122段ほどととなる。この増補の時期は不明だが、源氏物語以後となろう。

　　　第4増補期

○その他、遅れて成立した章段。（但し、その増補時期は必ずしも明確ではない）

第一グループ　115　118　119

第二グループ　Ａ　Ｂ

このうち、115段は物名歌、119段は物名歌で折句の章段である。

115段は大島本になく、塗籠本も15段と16段の間に配置されるなど極めて不安定な章段である。又、118　119段についても、大島本には『此段「或本在之」トシテノセタリ』とあり、増補の最終段階で採り込んだのは明らかである。これも、115段と同じように不安定な章段と言えよう。

定家本系天福本は、第一グループ3段を採り込み、全章段数125となる。広本系大島本は先述
したように、第一グループのうち、118　119段の2章段と、第二グループA段を独自に獲得した。
塗籠本は、第一グループの3段と、第二グループB段を独自に獲得した。このうちAB段につ
いては、他の二伝本に影響を及ぼしていないから、分離後に独自に増補されたのは明らかであ
る。但し、118　119段については、大島本の章段の順は、113　118　119　88　120、塗籠本は113　118
119　88　120で同一であるから、両者には分離後も何らかの接触があったと思われる。

以上、後撰集成立以前（九五六年頃）「ゆるやかな完成」を見た伊勢物語は、第1期から第
4増補期を経て完成の域に達したと思われる。

増補の時期については、あくまで推定でしかないが、第1増補期から最終の第4増補期まで、
短くて五十年、長くて百年ほどはかかっただろう。早くて十一世紀の初頭、遅くみれば十一世
紀後半の完成と思われる。伊勢物語という珠玉の作品は、古今集以後の百～百五十年間、多く
の人々によって熟成され完成に至ったと推定されるのである。以上、塗籠本にない章段は、広
本系や定家本系でも成立時期が遅れたとする前提での立論であり、独自の観点からの伊勢物語
の成立に関する一試論である。

174

三

（1）塗籠本の章段数

最後に、塗籠本の古態性について述べてみたい。従来、この本の古態性を認める説（南波浩氏、市原愿氏等）と、逆に他本、広本系などからの抄出したとする説（山田清市氏、石田穣二氏等）が対立し、いまだ結着を見ない。拙文は前者の立場からの意見の表明である。

塗籠本の古態性を示す最初に挙げられるのは、その章段数の少ないことである。定家本系（天福本）と広本系（大島本）に限って言えば、それぞれ10章段、8章段の違いがある。伊勢物語は一期に書き上げられたものではなく、何回かの増補を受けて完成された点については異論はない。とすれば、塗籠本はその増補の波動から早めに離脱して孤立した伝本であったと思われる。

塗籠本は拙論では、第3増補期には、増補ゼロ段だったが、他本と全く没交渉であった訳ではなく、第4増補期では115 118 119の3章段と、B段とを得ている。一方、大島本では、118 119の2章段は他本から採り込んだと明記されているから、この2章段が最後の増補となる。大島本には115段はないから、章段数の少なさから古態を留めていると言えよう。

但し、塗籠本は他本（例えば広本系の伝本）の整理、抽出したとすれば、章段の少なさが古態性の証明にはならないが、この可能性は低いと思われる。両者を定家本と比較すると、

もし広本系からの抽出とすれば、その時期も問題となるが、あまり早期とすれば立論の意味もなくなるだろうから、（溯るほど両者の差はちぢまり、比較する意味がなくなる）、現大島本と塗籠本とで検討すると、塗籠本は次の章段を切り捨てたことになる。

○広本系（大島本）　123段（欠段）　115段（欠段）116　117　増段A
○塗籠本　　　　　　　　　　　　　　　115　116　117　増段B

26　32　39　46　55　67　77　94　101A の 10章段。115B の 2章段。

逆に、大島本にない章段の編入は115Bの2章段。

どうして、26段以下の10章段を切り、どこから115B段の2章段を採り込んだのであろうか。26段以下の10章段は、伊勢物語の中では主要となる章段ではないと認められるとしても、決して劣る章段でもない。なぜこれらが切り捨てられたのか、その基準や理由を見い出すのは困難である。私には塗籠本が他本に比べて最小の章段しか持たないのは、塗籠本の方が祖本に近く、大島本の方が多くの増補を受け入れたからと思われるのである。

次に、現定家本（天福本）との比較すると、塗籠本は次の章段を切り捨てたことになる。

26　32　39　46　55　67　77　94　101　116　117　の11章段。

逆に、天福本にない章段は、B段の一章段。塗籠本にない章段は、11章段である。ここにはある傾向が認められる。傍線部77段以下の5章段は、折句の歌を持つ章段なのである。塗籠本には折句の歌（沓冠も含む）は10章段あり、特にこの5章段を切り捨てる理由は見い出せない。むしろ逆に、定家本の編者が物語の充実を図るために、これらを増補したとするのが妥当であ

る。物名歌、折句歌を多く採り込もうとする編者の強い意志を感じるのである。

（2）　塗籠本の章段の配列

続いて章段の配列について検討したい。塗籠本、大島本、天福本の三者の関係から、その配列の古型を求めるというものである。

この三者の関連を見ると、三者が同一傾向のもの（この配列が最も多い）。塗籠本と大島本が同一傾向のもの。塗籠本と天福本が同一傾向のもの。大島本と天福本が同一傾向のもの。三者が三様のもの、以上の五つの型に別けることができる。

このうち、塗籠本と大島本とが同一傾向の場合（天福本だけ異なる）、その配列に古態性を認めてよいと思う。拙論は増補の波動から、おおむね塗籠本が最初に離脱し、次に大島本、最後に天福本の順に成立したという三者が連続、関連性を持つというものである。

福井貞助氏（『伊勢物語生成論』［増補版］第二章第四節　塗籠本の系統）は、塗籠本にはどの本にも見られない章段構成があることに言及した後、次のように述べている。

その段序を見ると、百二十五段本よりも広本系本に近いものを見出しうる。

塗…81
広…81

(1)
A　114
81　82　82
82
…113　113　113
118　118　118
120　119　119　119
(2)
88　88　88
120　120　120
…
（……阿・谷・神）

177

福井氏は、これらの例を挙げ、およそ次のように述べる。(1)については、百二十五段に比べて、81と82段の間に別の章段が入り、(2)についても、共通して88段が定家本と違った位置にあることで共通している。（ ）内については、大島本の118 119段は他本からの追記であることは明らかで、このように定位した本と近い序段を持つ事になる。

氏は続いて他の章段配置にも触れ、塗籠本は広本と共に百二十五段本を基とした変造本に発するとは考えられない、やはり対立する本であるとしている。この論説には同意するが、私はもっと積極的に塗籠本―大島本―天福本への流れを考慮すべきと思う。次に、これらと重複するものもあるが、私なりの三本の差異をまとめて示す。

1、塗籠本と大島本が共通

イ
塗　71　73　74　75　72|　76
大　71　73　74　75　72　76

ロ
塗　119　88|　120
大　119　88　120

この二例が主なものであり、伊勢物語の古型はこの配列であったと思われるのである。

2、塗籠本と天福本が共通
これは特にないようである。（但し、115段があること、A段がないことは共通するがこれは除く）

3、大島本と天福本が共通

群	天福本	大島本	塗籠本	備考
ハ	7　8　9　10	7　8　9　10	7　8・9　10	（8・9とが合体）
ニ	44　45　46　47	44　45　46　47	44　45　45|　47	（45を二つに分割、46はナシ）
ホ	58　59　60	58　59　60	58　（59）　60	（59が125と合体）
4、三者が三様				
ヘ	81　82　83	81　82　83	81　82|　82　83	（82を二つに分割）
ト	113　114|　115　116	123　124　114|　125	14　15　115|　16	（114の位置がばらばら）
チ	115|　115	（欠段）	16　116　125	（115の位置が違う。大島本は欠段）

このうち114段は芹川行幸の話だが、業平他界後の内容なので、各編者ともどこに位置させるべきか苦労したのであろう。

以上が三者の差異の主なものである。（但し、B段などは煩雑になるので除いた）。これから、塗籠本と大島本とは近い関係にあり、同様に大島本と天福本との近い関係も認められよう。大島本は塗籠本と天福本との中間の位置にあるのである。実は先の1～4の分類には入らない三者の配列がある。

この例を挙げると、

5、特例

天	リ	塗	定	大
113	123	123	123	123
114	114		124	124	124
115|	59·	59·	114·	125
116	125		125	125	

（59・125が合体）

天	大	塗		ヌ
100	100	100		
101		101				
102	106	106		
103	107	107		
104	108	108		
105	102	102		
106	103	103		
107	104	104		
108	105	105		
109	109	109		

このうち、塗籠本の101段は欠段である。塗籠本と大島本は「106 107 108」と「102 103 104 105」とが入れ替っている。この点について、片桐洋一氏（『伊勢物語の研究』【研究篇】第四篇 現存伊勢物語の研究、P二五三）は、これらの章段の内容のつながりから、定家本系よりも広

本系の方が適切で、おそらくはかなり古い書写の段階での錯簡であろうと述べている。私もそ
の通りであると思う。この配列は、天福本よりも古態性を留めていると言えよう。（なお、片
桐氏はこの錯簡の件は、広本系と定家本系との比較したものだが、塗籠本にも適用できる。）

もう一点、注目すべき所がある。それは101段の扱いである。塗籠本では定着せず脱落し、大
島本と天福本とはこの101段は第3増補期に定着、組み込まれたと思われる。これが同位置にあ
る。とすれば、先述したように、大島本が両者の中間の位置にあり、三者の連続性の一つの証
となるであろう。この章段配列の古型は、100 101 106 107…と推定され、塗籠本は101段が脱落
し、天福本、大島本は脱落することなく完成定着した。その後、大島本はそのままの配列で残
り、天福本には錯乱が生じた結果が現状の姿と思われるのである。

（3）塗籠本の独自性

先の章段の配列から、塗籠本の古態性を見てきた。ところが、この古態性を認めながらも、
広本系や定家本系に先行する伝本と位置づける研究者は多くないようである。

片桐洋一氏（鑑賞日本古典文学『伊勢物語・大和物語』）は、塗籠本（氏はこの名称は使わず、
正しくは略本とするのがよいとする）の古態性は認めながらも、次のように述べる。

章段数は百十五段。普通本よりも十段も少ないが、これをもって原初形態に近いとは言え
ぬ。前にも触れたように、第百十四段（芹川御狩の段）を第八十二段の交野御狩の段の前

181

にまとめ、しかも「仁和の帝」を業平没後のことになるゆえに「深草の帝」と改めているのをはじめ、…（以下中略）…あるいは第五十九段の悶絶蘇生の段を終焉の段（一二五段）と一つにまとめていることなど、さかしらな改竄が目立つからである。しかし、だからと言って、この本が定家本などよりも古い要素を全く残していないとも断言できぬ。なお、省略した部分には「東下り八段と九段をまとめた件、九段の富士山の喩え」等が記されている。

このように述べている。

片桐氏のこのような論説は、塗籠本を伊勢物語の原初形態と認めない大方の研究者の支持を得ているように思われる。

福井貞助氏（前出）は、塗籠本の特殊性や広本系に近いつながりが感知されるとし、結論として次のように述べている。

つまるところ、塗籠本は、百二十五段本や、もっと親近する広本系のある本を基にして変造したものとは簡単に考えられない古さのあるものと見るのが至当である。この本を百二十五段本に比して詞が乱れている。注釈的な変形が加わっている、等の理由から下位に置こうとするのも誤りである、塗籠本が変造を加えられたものとしても、本来それは他本におけるそれを質的にとび抜けて異なるものではなく、その時期も伝民部卿局筆本が書写された時期を相当溯るものと見るべきであろう。むしろ、鎌倉中期以降に既存の通行本を基に変造されたと見る方が積極的根拠が要求され、かつそれをみたすべきものが乏しいのである。塗籠本は全面的に現存他本の上位に位置せしむる事も危険であるが、中に古態の

要素がこめられている事は看取されなくてはならぬ。

以上、片桐、福井両氏の論は、共に塗籠本の古態性を認め、その改竄、又は変造を指摘している。このうち片桐氏は「略本が定家本よりも古い要素を全く残していないとも断言できぬ。」としながら、その原初性には否定的である。この論は、塗籠本を固定化して把握しているようで、私は賛成できない。定家本も多くの増補、改変を受けて定着して行った。塗籠本も例外ではない。それゆえ、その伝本が改変されたと認められても原初性の否定にはならないからである。

一方、福井氏は塗籠本の原初性をより積極的に認めようとしているが、「全面的に現存他本の上位に位置せしむる事も危険」としている。又、別にこの本が他本（百二十五段本・大島本など）の変改であるとの見解が生じるが、これは一応自然な見方ではあるとし、「塗籠本の形から百二十五段本の形になった、と見る方が無理が伴う点が多いからである。」とも述べている。

確かに現塗籠本から定家本系百二十五段本に成長したとは言えぬが、塗籠本も定家本も同じく変化してきていることをもっと考慮すべきだと思うのである。

続いて愚案を述べてみたい。塗籠本は早期に増補の波動から離れ、その後一旦は小数章段（4章段ほどか）の増補を受け入れたが、その後、広本系や定家本系等他本との交渉は少なく、孤立した伝本であった。しかし、塗籠本に古態性が認められ、祖本に近いと言っても、それが分離、独立した後に、どれほどの増補を受けたか、その本独自の内部発展を遂げたかの差に注目すべきであろうと思う。私がこのような結論に至ったのは、再三述べているように「折句の歌」を持つ章段の発見にある。定

家本にあり、塗籠本にない章段は、26　32　39　46　55　67　77　94　101　116　117の11章段であるが、このうち77以下の5章段が折句の章段である。これは物語の成立に深く関わっていると考えざるを得ないのである。仮に、塗籠本を広本・定家本系からの抄出とする研究者がまだおられるなら、なぜこれらの章段が抜け落ちたかを解明してもらいたい。これらは物語中、先述したように主要な位置を占める章段ではないにしろ見劣りのする章段とも思えないからである。

さて、改変に話を戻す。塗籠本の編者は外部との比較的没交渉の中で、他本からの増補には関心が薄く、作品内部での練り直しに注力したと思われる。その結果が、8・9段、59・125段の合成であり、45、82段の二分割であった。その他に、114段「芹川行幸」を「深草の帝」とすることなどがあり、つき詰めていけば、塗籠本の改変はこの程度なのである。これを一方は合成し、他方を分割しているのは、矛盾した編集方針だとする見方もあるが、章段間の見直しを図ったとすれば矛盾するものではない。問題なのはその改変の結果なのである。もし、これがすばらしいできばえであったなら、「改竄」などと言われることなく、伊勢物語の祖本の位置を早々と確立していたことであろう。項を改めて、これらの章段を検討していく。

（4）塗籠本の改変と古態性

1、8・9段の合成（塗籠本9段）

塗籠本はその性格として特異な合理性を指摘されることがある。そのような章段も確かにあるが、この8・9段の合成の場合は、現定家本などの持つ合理的な作品構成を逆に壊わしているのである。

箇条書にして主な問題点を挙げる。

一、8段の「しなのなる…」の歌を採り込むことによって、道順が適正でなくなる。

二、富士山の説明で、「この山は、上はひろく、下はせばくて、大傘にやうになむありける。高さは比叡の山を、二十ばかりかさねあげたらむやうになむありける。」とあり、富士山を大傘に喩えたのは良いとしても、「上が広く、下がせまい山」は存在しない。ここは写筆の誤りであろう。天福本では、ここは「なりは塩尻のやうになむありける」とあり、ここには、各段の落ちがある。涙落してほとびにけり―塩尻―舟こぞりて泣きにけり、と各段の終わりを「薄い塩水」でまとめているのだが、これを崩している。「大傘」も水とは関連するが、「塩尻」が何か汚らしいもの連想するので改めたのだろうが成功していると
は言えない。

三、「舟人こぞりてなきにけり」の後に次の文が補充されている。
　その河渡りすぎて、京に見し、あひて、物語して、「ことづてやある」といひければ
　　　みやこ人いかがととははやまたかみ
　　　　　はれぬ雲井にわぶとこたへよ
この内容そのものは良いとしても、宇津の山の場面の、二番煎じの感は否めない。　塗籠本

185

の編者は、この段に手を加えさらに充実させようとしたのだろうが、この段の歌は加えても減じてもならなかったのである。これは四で述べる。

四、この段の男は倭建命をモデルとしており、妻を思う歌三首、富士の鹿の子まだらの歌一首で十分なのである。塗籠本の編者はこれに気付かず不用意に二首を加えてしまった。

以上の点から、この改変は感心しない。

2、59・125段の合成（塗籠本115段）

ここは、125段があまりにあっさりしているため、「昔、男、みやこをいかがおもひけむ、東山にすまむとおもひ、いきて…」という59段の文章が、いかにも業平を思わせる所からこれを利用し、付加したのである。この59段は、東山に住んだ男が病で死にかける。が、水をかけられて息をふき返し、「いまの水は天の河をわたる舟の櫂のしずくか」という歌を詠む内容である。男は東山に隠棲―病を得て死ぬ―水をかけられて生き返る―再び死が迫り、辞世の歌「つひに行く…」を詠んで死ぬ。これは一応筋が通っているように思えるが、59段は誤解からくる滑稽を扱ったものであるから、辞世の歌との組み合わせとは似つかわしくないとも言えよう。

私はこの合成は、別の理由から失敗であると思う。それは124段と125段との分断である。124段の諦観と孤独、「思ふこと…」の折句「老いや侘び」からくる、老いの寂しさから、125段の男の終焉を迎える構成はみごとである。

本はこの間に114段をはさむからこれも良くない。大島

3、45段の分割（塗籠本43・44段）

○塗籠本43段（本文）

　昔、みやづかへしける男、すずろなるけがらひにあひて、家にこもりいたりけり。時はみな月のつごもりなり。ゆふぐれに、風すずしく吹き、螢など、とびちがうを、まぼりふせりて、

　ゆくほたる雲のうゑまでいぬべくは
　　　秋かぜふくとかりにつげこせ

○塗籠本44段（本文）

　昔、すきもののこころばゑあり、あてやかなりける人のむすめのかしづくを、いかでものいはむとおもふ男ありけり。こころよはく、いひいでんことやかたかりけん、ものやみになりて、しぬべきとき、「かくこそおもひしか」といふに、をや、ききつけたりけり。まどひきたるほどに、しにければ、いゑにこもりて、つれぐ〜とながめて、くれがたきなつのひぐらしながむれば

　その事となくものぞかなしき

（本文は日本古典全書『伊勢物語』南波浩校註による）

　この二段と、天福本45段とは大変よく似ている。歌は定家本は、「ゆくほたる…」と「くれがたき…」の順に二首並べられてある。このため、塗籠本と定家本との関係について、定家本

が先行し、塗籠本が二つに分割したのか、又は逆に塗籠本が先行し、定家本が一つに合成したのか対立している。

片桐洋一氏（『鑑賞古典文学・伊勢物語』）で、およそ次のように述べている。

「暮れがたき…」の歌は落ちつきが悪い。これを略本系の本文はこれを合理化して二つの章段に分けている。ところが、略本系の本文「いかでものいはむ」が男のこととなり、この文脈だと「心弱く言ひ出でむことや難かりけむ」も男のこととなり、さっぱり筋が通らない。無理に筋を通して読むと情趣が全くなくなる、としている。塗籠本の作者は、「くれがたき…」の歌や、「宵は遊びをりて」の文などが適切でないと思い、書き直したのであろう。これがうまくいったかと言うと片桐氏の言うように、失敗している。塗籠本B段では、元々は女の歌「おほはらや…」を男の歌に転用してここと同じような失敗をしている。

一方、定家本は、塗籠本の二段を合成し一章化したとする市原愿氏（前出）は詳しくこれを論じ、およそ次のように述べている。

塗籠本43段に男の鎮魂的章段を置き、44段で女の純愛物語を後にしているが、これは定家本の展開を逆行させる形を採り、両段を全然別個の独立した物語として定着させている。その意味で塗籠本両段は定家本の内容を更に合理化を図った他の章段と比べて、その痕跡が稀薄であるといわざるを得ない。

さらに、もし塗籠本が定家本を解体し、その形態や本文の内容をわかり易く説明するというのであれば、それが43・44段に反映されていなければならぬが、そうした面が見られず、

188

むしろ表現に曖昧さや欠陥が見られ、古拙のある文体で、古い由緒のある本文と考えられる箇所が多いと思われる。（注、以上原文のままではなく、筆者なりの要約を含む）

この市原氏の説にも一理あるのは認めるが、私は賛成できない。なぜなら、この二つの歌に限って言えば、塗籠本は分かりやすく、しかも合理的に配置しているからである。塗籠本43段の冒頭「昔、みやづかへしける男、すずろなるけがらひにあひて」など分かりやすい。問題は44段の冒頭「昔、すきものゝこころあり、…男ありけり。」が曖昧さの残る文で、当然女が死に、男が「まどひきたるほどに」となるのだろうが、欠陥のある文章と認めざるを得ない。が、主語を補ってやれば文意はなんとか通じる。このように問題があるものを古い由緒ある文章とするのは認め難いのである。

又、市原氏は両段を別個の独立した物語として定着させている、とするが、そうならばなぜ一段化する意味も全くなくなってしまうであろう。市原氏は塗籠本の古態性を主張するが、この本独自の改変を認めようとしない。確かに塗籠本は伊勢物語の原初形態に近い伝本とは認めるが、塗籠本も独自の発展をしてきたと私には思われるのである。

定家本は一段にまとめたのであろうか。二段のものを一段にまとめるのも容易ではない。塗籠本が先行するとすれば、定家本はそのまま二段に採り、多少の修正を加えるだけで済む。とこ

ろが、一段化したため、定家本の二首目「暮れがたき…」と時間的矛盾がある本文が生まれたとする。これは相当無理な見解である。歌物語は歌を生かすべく物語化されるが、これでは一

4、82段の分割（塗籠本77・78段）

この段は、水無瀬の宮での桜狩りの場面である。本文は冒頭文のみ挙げる。

○塗籠本77段（本文・冒頭文）

昔、これたかときこゆるみこおはしけり。

○塗籠本78段（本文・冒頭文）

昔、をなじみこ、かたのにかりしありき給ひけるに、右馬頭なりける人を、かならず御ともにゐてありき給ひけり。

これも両論あるが、定家本が先行すると思われる。山田清市氏（『伊勢物語成立論序説』「第四篇伊勢物語の原形と紀貫之」第二章伊勢物語惟喬親王段をめぐって）は次のように述べている。

つぎに朱雀院塗籠本が82段を77段の（A）と78段の（B）（C）の形に分離されていることをあげられるが、77段の冒頭も「昔、これたかときこゆるおはしけり」と書出されていて、二次本の特徴に該当するばかりか、次の78段では77段を受けて、昔、をなじみこ、かたのにかりしありき給ひける」と書き出され、前章段の人物を「おなじ」と受けて書き出す手法は、大和物語や平中物語と同一で、勢語諸本の82段には一切所見がなく、これは意識的に分割をはかったがために記載されたことを裏書する。すなわち77段が後に付加された形なら、78段で「をなじみこ」とはならなかったはずで、かくて朱雀院形態が先行するものでないことが明らかである。（注、（A）は渚院における歌の唱和、（B）は天の河原

における清遊、（C）は水無瀬宮における酒宴と、82段を三部に分けたもの）

ここは、塗籠本が二つに分割したと思われ、山田氏の論説で十分納得できる。では、なぜ塗籠本の編者はこの段をわざわざ二分割したのであろうか。これに対しては、一つ理由として、この段が比較的長文なため分けたと考えられる。定家本9段は三段に分けられるが、途中「行き行きて」「なほ行き行きて」があり、それが区分の目印となっている。蛇足になるが源氏物語にも同じ例がある。それは『帚木巻』と『空蝉巻』で元々は『帚木巻』一巻だったのである。（拙著『伊勢物語並びに源氏物語の研究』参照）文の長大さでは大部違うが、鑑賞の便を図ったであろう。

以上、塗籠本の改変について検討してきた。従来これらの点が強調され、塗籠本は特異な伝本と見られがちであった。確かにこれらの改変は失敗だったとしても、なお塗籠本独自の良さを失ってはいないのである。既に南波浩氏らによって指摘されているが、いくつか他本と違う点を挙げると、

○塗籠本37段　男の親によって家から追い出された女の「いづこまで…」の歌の有無。天福本にはないがあった方が感動が増す。

大島本は最後の部分に使われている。

○塗籠本50段　男の歌「あやめかり…」の第五句「かくぞををしき」。これは大島本も同じ。天福本は「かるぞわびしき」。ここは南波氏が補註で述べているように「狩る」に対し「雄々しき」が良い。

○塗籠本90段（天福本96段）塗籠本では「女の父」が登場し、兄に女を迎えに行かせたように

とれる。この方が筋が通っている。

これら三点を見ると、塗籠本が改変したのか、他本が改変したのかまでは断定できぬが塗籠本の方がすぐれているようにも感じる。

このように、塗籠本にもその独自の良さが十分認められるのである。

塗籠本は他本との接触が少なく、そのため独自の内部発展を遂げた伝本であった。このように外部からの章段の受け入れを拒否した姿勢こそ、伊勢物語の古型、原初形態を知る上で誠に貴重なことであった。塗籠本は多章段本に汚染されることが少なく、物語の古態性をいまだ保持している伝本とも言えるのではなかろうか。

五　伊勢物語　その老いと笑い

（1）はじめに

伊勢物語は、初段の在原業平と思われる男の元服から始まり、最終段、百二十五段の男の死で終了する。この物語は、この男の一代記風に編集されているから、前半を青春の文学とすれば、後半は老いの文学と言えるであろう。

老いの章段はどこから始まるか、それは主人公の男が「翁」（老人の意）と呼ばれる最初の章段、七十六段からである。

（七十六段）

むかし、二条の后の、まだ春宮のみやすん所と申しける時、氏神にまうで給ひけるに、この衛つかさにさぶらひけるおきな、…

（本文は、『伊勢物語全評釈』による。）

ここから最終段まで、五十章段あり、ちょうど四割が老いの文学に相当する。伊勢物語は老人を主人公とした最初の物語なのである。老人を扱ったものに、物語の祖といわれる竹取物語があるが、ここに登場する老人、竹取の翁は主人公ではなく、副役にすぎない。

源氏物語は伊勢物語から多大の影響を受けて成立したとされる。源氏物語は三部に分けられ

るとするのが通説だが、第一部は主人公の誕生・元服・青春・壮年の物語であり、第二部は老いの物語、三部は主人公は子や孫たちに交替する。後にも触れるが、この第二部の老いをテーマにした物語は高い評価を受けている。このように源氏物語も約三分の一が老いを扱ったものなのである。

　　（2）　男の死

まず、最終段、百二十五段から見ていこう。
（百二十五段）

むかし、おとこ、わづらひて、心地しぬべくおぼえければ、
つゐにゆくみちとはかねてきゝしかど、
きのふけふとはおもはざりしを

（訳）

　昔、男が病気になり、気分（が悪く）死にそうに思われたので、
　最後に行く道とは、以前から知っていたが、（その死が）昨日や今日のこととは思っていなかったのに。

　これは業平の辞世の歌として古今集「巻第十六　哀傷歌」に次のような詞書とともにある。
　やまひしてよはくなりにける時、よめる

なりひらの朝臣

歌は同じ（本文は『古今和歌集全評釈』による。）

伊勢物語本文も古今集の詞書も大差ないといえる。この辞世の歌の解釈については、第四句

「きのふけふ」について諸説あり、

1、さしせまった現在（通説）

2、昨日、今日と生活している、そんな身近な生活の中にある。私訳は1の通説に従った。但し、この歌は業平の歌にしては、大げさな表

これらが主なものだが、平凡なだけに親しみを感じる。もし、ここが「今日や明日」な

現や飛躍もなく、平凡なだけに親しみを感じる。但し、「きのふけふ」にかすかなユーモアを

感じさせる。いかに人生儚いと言っても昨日死ぬことはない。もし、ここが「今日や明日」な

らば普通の表現だが、平凡すぎておもしろ味に欠ける。

古今集では、この業平の辞世の歌につづいて、在原滋春の巻末の歌、

かひのくにヽ、あひしりて侍りける人とぶらはむとてまかりけるを、みち中にて、にはか

にやまひをして、いまヽヽとなりにければ、よみて、京にもてまかりて母に見せよといひ

て、人につけ侍りけるうた　在原しげはる

かりそめのゆきかひぢとぞ思ひこし

今はかぎりのかどでなりけり

滋春の父は業平であり、業平の辞世の歌を意識しているような詠みぶりである。歌中の「か

りそめのゆきかひぢ」に「甲斐路」は掛詞としてあり、ここの訳は「甲斐（今の山梨県）への

道中は、ほんのかりそめの往復と思っていたが」となる。こちらは、急な発病で、詞書の「京
にもてまかりて母に見せよ」が哀れである。滋春は業平の次男で、その母については誰だか確
かなことは分からない。

古今集「巻十六、哀傷歌」は、34首採られているが、この最終2首が業平親子の歌となる。
この巻は、哀悼の歌が大部分で、辞世の歌は最後の6首のみである。この配列も他人の死を悼
んでいても、いずれ自分のことですよの配慮と取れる。それはさておき、辞世の歌6首のうち、
巻末2首が業平親子とは並々ならぬ編集者の好意を感じる。古今集「巻第一春哥上」の巻頭を
飾るのが、在原元方（業平の長男、棟梁の子）の立春の歌であることを考え併せると、今井源
衛氏『在原業平』の述べるごとくよりその感を深くする。

（3）　男の晩年

続いて、百二十四段を検討したい。この章段は、最終章段の直前に置かれている。ここには
晩年に至った境地が述べられており、章段配置の妙がある。

（百二十四段）

むかし、おとこ、いかなりける事を思ひけるおりにか、よめる、
おもふこといはでぞたゞにやみぬべき
我とひとしき人しなければ

（訳）

昔、男が、いかなる事を思った時であろうか、詠んだ（歌）は、思うことを言わないで、そのまま黙っていよう。自分と同じような心の人はいないのだから。

この章段の「評」で『全評釈』は次のように述べている。

当時、憂き世の中に対するこの種の諦観的述懐の歌は、古今集以後、漢詩にならい、一つのジャンルとして、主に雑の部に多く収められている。業平のこれらの歌も、その類と解するのが正しい。

それを、最後の終焉の段の前に置いて、『鑑賞』も言う通り、一種の悟りの境地に達した男の述懐といった効果を、編集の上で上げているといえよう。

以上、引用させていただいたが、なるほどと思われる。なお、右の文中『鑑賞』は、片桐洋一氏著「鑑賞日本文学第五巻」のことで、片桐氏は、この章段を次の終焉の前に置いた編纂者に敬意を表したいと思うと述べ、

章段としても短く要領を得ず、和歌としても特に優れた和歌というわけではないが、終焉の段の前に置いて、一生を振り返った主人公の思いとしたところに編者の功がある。ここに置いたゆえに、読者の心にいつまでも残り、いつまでも口ずさまれる歌となりえている

のである。

このように評しているが、その通りであろう。しかし、十分かと言うとそうではない。この

197

章段には、隠されたあるものがある。その解明がなければ十分とは言えない。

隠されたものとは何か。それは折句である。

おもふこと　いはでぞたゞに　やみぬべき

われとひとしき　ひとしなければ

この歌には折句で「おいやわひ」「老いや侘び」が隠されている。これは、「老いとは侘しいものなのだろうか」の意味となろう。作者が、地の文で「いかなりける事を思ひけると」とぼかしたのも、この折句を生かすためなのである。「老いを感じた折」などとしたら、折句の効果が出ない。この意味で、章段の配置といい、地の文の表現も極めて巧妙と言えよう。

主人公の到達した境地は「老いや侘び」であったのである。ここは「自分と同じような人はいない」だけでは不十分なのである。作者がこの章段を「男の死」の前に置いたのは、この折句を生かすためでもあったのである。

続いて大和物語の業平の終焉を取り上げる。

（大和物語　百六十五段）

水尾の帝の御時、左大弁のむすめ、弁の御息所とていますかりけるを、帝御ぐしおろしたまうてのちにひとりいますかりけるを、在中将しのびて通ひけり。中将、病いとおもくしてわづらひけるを、もとの妻どももあり、これはいとしのびてあることなれば、えいきもとぶらひたまはず、しのびしのびになむとぶらひけること日々にありけり。さるに、とはぬ日なむありけるに、病もいとおもりて、その日になりにけり。中将のもとより、

つれづれといとど心のわびしきに

けふはとはずて暮してむとや

とておこせたり。「よはくなりにたり」とて、いといたく泣きさわぎて、返りごとなども

せむとするほどに、「死にけり」と聞きて、いといみじかりけり。死なむとすること、今々

となりてよみたりける。

つひにゆく道とはかねて聞きしかど

きのふけふとは思はざりしを

とよみてなむ絶えはてにける。

（本文は「日本古典文学全集　大和物語」による）

大和物語の百六十一段から百六十六段の六章段は、伊勢物語との関連が深く、前者が後者の

影響を強く受けているとされる。この百六十五段は、現伊勢物語にはなく、辞世の歌のみ共通

である。業平の死に関する記述では大和物語の方が大部詳しく、古くはこのような本文を持つ

伊勢物語が存在したのであろうか。

共通する辞世の歌の部分でも、伊勢物語百二十五段の地の文は簡略で、古今集の詞書と同じ

ようである。

大和物語では、業平は病気が重くなって寝込んでいる。弁の御息所は、業平の妻に遠慮して

見舞いに行けず、毎日、見舞いの文を届けていた。ところが、その文を出さない日がありたま

たまその日に業平は、重篤となり、臨終の日となってしまった。中将から歌が届く。

「つれづれと…」の歌の訳

　寂しくとてもつらい思いでいるのに、あなたは今日はお見舞い下さらないのですか。

　この後に、辞世の歌が続く。

　この「つれづれと…」の歌は、人間味のある素直な歌ではあるが、あまりにも弱々しくさっ
そうとした業平像は浮かんではこない。伊勢物語の作者はこのように弱った業平の部分を切り
捨て、代わりに百二十四段の「思ふこといはでぞたゞやみぬべき」と用いたのではなかろうか。
実際は大和物語の方だろうが、それではあわれみを乞うようで惨めである。伊勢物語の方が理
想化された業平像があると言えよう。

　　　（4）　業平の死

　業平は、元慶四年（八八〇年）五月二十八日死亡、五十六歳であった。
　当時の公的記録である『三代實錄』の卒伝によれば、
　（五月）廿八日辛巳。従四位上行右近衛権中将兼美濃権守在原業平卒。
で始まり、人物評は『業平體貌閑麗。放縦不拘。略無二才学一。善作二倭歌一。』（その他、省略。
一部漢字で新字体を用いた。）この評価を現代語訳すると、
　顔つき、体つきは、おっとりとして美しい。ものに拘（こだわ）ることなく、勝手気ままである。ほ
ぼ漢学の才はない。和歌を作るのがうまい。

このうち容貌等については、大変なほめようである。武官の道を歩んだ業平は、父の阿保親王に似て、体格は立派、美男子で品があった。「勝手気まま」なのは、その生まれにもよる。母の伊都内親王から生まれた一人っ子であるから、何不自由なく、甘やかされて育ったのであろう。業平には、行平も含め二人の兄と弟が一人いたが、その母は阿保親王が九州大宰府に流されていた頃、得た妻で詳しいことは不明だが、親王が許されて帰京した時、子供たちと共に親王の邸に移り住んでいたのであろう。行平の母は、親王との身分差が大きく、侍女的な扱いであったろう。

子供の中でも業平は別格の存在であった。さらに、伊都内親王は身分の高さだけではなく、富豪としても知られ、母方の一族は藤原南家、中納言従三位藤原乙叡であり、こちらからの援助もあり、経済的には困ることはなかった。現在、伊都内親王が興福寺に多くの田畑を寄進した「伊都内親王願文」が国宝とされて残っているから相当裕福だったのは確かである。

業平が「勝手気まま」なのは、これが許される素地があったのである。同じ兄弟でも行平などはそうはいかない。母方一族の援助は期待できないし、逆に援助を求められる側だったかもしれない。この兄弟仲が良かったらしいのは、伊勢物語のいくつかの章段から分かる。この行平は、行政官としても優秀で、正三位中納言まで出世している。

業平が「勝手気まま」なのが許されたのは、出自の良さ、豊かな経済力の他にさらに重大なことがあった。それは藤原氏上層部（藤原良房や基経ら）の庇護があったことである。これは業平らの父、阿保親王に関わることである。阿保親王は承和の変（承和九年八四二年）の発端

となる密告者の役割を図らずも果たすことになる。（親王五十一歳、業平十八歳時）この密告
を利用して、中納言藤原良房らは反対派を一掃し、藤原北家繁栄の基盤を固めることができた。

一方、親王は自らの行為が多大な影響を与え、犠牲者も広範囲に及んだため、驚き悲嘆にくれ
たのであろう、自邸に引き籠ったまま、事件発端から三ヶ月余りで他界。その葬儀での宣命は
「密告の功をたたえ、遺族の面倒は見るから安らかに、あの世に赴け」（「續日本後紀」）という
ものであった。

親王を裏切り者にすることによって、自分たちは手を汚すことなく、多大な成果をあげた。
しかし、良房らにも、親王を政治的に利用した後ろめたさがあったであろう。親王を成仏させ
るために、この約束はどうしても守らねばならなかったのである。伊勢物語百一段「咲く花の
…」を詠んだ業平に、周りの人々が「どうしてこんな歌を詠むのか」と詰問する。ところが業
平が良房の名を出した途端、皆、黙りこんでしまった。良房には、大きな貸しがあることは周
知のことであったのである。

次に「略才学無し」を検討する。ここの才学とは、学問、音楽、武芸などの才能を言うと思
われる。確かに、業平が楽器がうまく弾けたとか、武芸面でも優れていたという話は聞かない。
但し、学問については、当時は漢詩文に関することであり、業平にはこれと言った漢詩文が残
されていない。このことから、漢詩文は苦手だが、和歌はすばらしいのを作った。このような
意味ではなかろうか。

賀茂真淵は、「無」は「有」の誤りとする説を紹介し、自らもこの説を支持している。（「伊

202

勢物語古意」）が、この説を採ることは無理である。「三代実録」は公文書であるが、誤りが

ないとは言えない。しかし、この場合は、「無」の方が、文章として落ち着いている。ここが

「略才学有り」は落ちつかないし、「才学」の内に、和歌を作る才能も含まれてしまう恐れがあ

ろう。この評は対句になっていて、褒める・貶す・貶す・褒めるの順の構成である。

「三代実録」は延喜元年（九〇一年）の成立であり、業平の死後、約二十年しか経過していない。

中国の史官が前王朝を冷徹に描くことは可能であろう。しかし、この場合は関係者、特に遺族

の目があり、厳しく書けば恨まれるであろう。

ここで、百一段に登場する藤原良近に触れる。良近は、行平・業平との親交があり仲が良かっ

た人物と思われる。その良近も「無学術」と書かれている。

容儀可レ観。風望清美。雖レ無二学術一。以三政理一見レ推、

（三代実録）貞観十七年九月九日、一部抜粋、新字体に改めた漢字有り）

これについて、今井源衛氏（前出）は次のように述べている。

太政官の右中弁になるくらいだから、良近とても、ろくに漢字が読めないような人ではよ

もやあるまい。学の有無も程度の問題で、とくに漢詩文の造詣が深くはなかったぐらいの

意味であろう。でなければ「政理」をもって人にほめられるはずがない。

この今井氏の言う通りであろう。業平の「略才学無し」にしても、ほめ言葉でないのは確か

だが、漢学の素養がないと言う意味ではなく、漢詩文の造詣は深くはない意ならば、遺族もし

ぶしぶながら納得したのではなかろうか。良近の記事も全体として見れば、大変好意的に描か

れており、大酒飲みで力持ちのエピソードなど好人物として記録されている。

　（5）平安時代の寿命

　業平は五十六歳で亡くなったが、当時の人々の寿命はどのくらいだったのだろうか。

　服部敏良氏は『王朝貴族の病状診断』の「（付）平安時代公卿の平均死亡年齢」の部分で、『公卿補任』を調査し、その平均死亡年齢を算出している。これを参考にすると、氏は、平安時代の死亡年齢の明らかな二百七十名を調べ、次のように述べている。

　五十歳代で死亡したものが圧倒的に多く、六十歳以上で死亡したものは、全例の五〇・二パーセントを占め、全例の平均死亡年齢は、六〇・四歳となり、比較的長命を保ったことを知り得た。

　服部氏は公卿の平均死亡年齢を約六〇歳とする。又、この時代の著名人と比較し、こちらは六一・四となり、大差はないとする。興味深いのは、平安貴族女性の死亡年齢が五二・三で八歳程度低いことである。これは、早婚、妊娠、出産等による肉体的・精神的悪影響によるとしている。さらに、鎌倉・室町時代の著名人の平均死亡年齢を比較してあるので、先の平安時代とを合わせて挙げると、

著名人平均死亡年齢
平安時代　六一・四

204

これらについて、服部氏は次のように述べている。

鎌倉時代　六一・四
室町時代　六〇・四

わが国人の平均寿齢は年々上昇し、最近では七十余歳となっている。（本書の刊行は昭和五十年…筆者注）寿命が延びたことも一因であろうが、その最大の要因は、乳幼時期の死亡者の減少であり、そのため平均寿齢が高くなったのである。したがって、乳幼時期を生き延びたものが、六十余歳の平均寿齢を保ち得ることは、前記の通り、平安・鎌倉・室町時代を通じ、ほとんど同様である。

以上、教えられる所多いが、平均寿命の点から見ると、問題がない訳ではない。それは「公卿補任」に載る人物は高位高官の人物ばかりであり、一部の人を除いてそこまで到達するのは容易ではなく、ある程度の年数がかかる。「著名人」にしても同じことが言える。ある分野で活躍し、名前が残り、死亡年齢まで判明するとなると、年若くして死んだ人は残らない。そのため、平均値は高めに算出される可能性があり、その他多数の貴族や一般庶民に当てはめるのは難しいであろう。

続いて、平均寿命について検討してみたい。松崎俊久氏編『寿命』（昭和五十九年刊）の中の、「過去における日本人の寿命の推移」（この部分は菱沼従尹氏執筆）によれば、次のようになる。（以下、筆者なりに要点をまとめ、箇条書きにしたものである。）

1、縄文時代の平均寿命は男女とも一四・六歳と推定される。これは、日大、小林和正教授

の人骨調査の結果から、菱沼氏の知見を加えて導き出したものである。

2、弥生時代、古墳時代は出土人骨は少なく、はっきりと結論を出せないが、平均死亡年齢などから見て、縄文時代と違いがないと思われる。

3、室町時代の平均寿命は一五・二歳と推定される。古墳時代から室町時代にとぶのはこの間の人骨の出土が少ないためである。

4、江戸時代の平均寿命は二〇・三歳と推定される。これは小林教授が東京都江東区深川の墓地から発見された人骨（墓石から江戸中期以降のものと認定）を調査した結果から、菱沼氏の知見を加えて導き出したものである。その他、寺の過去帳などの調査などから、平均寿命は、江戸中期以降、二〇歳そこそこで終始したと断定しても差し支えなかろう、としている。

この菱沼氏の研究には、平安時代の数値がないのは残念だが、平安貴族の上層部には火葬の習慣があり、それ以外は土葬、（貴族たちの墳墓の大部分は土饅頭であったとする田中久夫氏の研究がある。「墓地　日本文化の探及」による）風葬とさまざまだが、庶民に至っては山や河原に運んでそのまま放置するのも多かったようだ。このため人骨の発見は難しいのだろう。

さて、当時の貴族の子弟はほぼ十二歳から十八歳で元服を行う。（女子は裳着）この年齢から一人前と認められた訳である。しかし、この儀式は成人に達したという意味の他に、乳幼児期の生命の危機を脱したとの祝いも含まれていたのである。

一方、老年に達する年齢は四十であり、伊勢物語九十七段で、太政大臣藤原基経の四十の賀があり、中将なりける翁（業平）がお祝いの歌を詠んでいる。その後、十年ごとにお祝いをす

る習慣があった。

業平の場合、十六歳で元服したと思われ（今井源衛氏年表による）、その後、五十六歳まで生き参議までもう一歩の所であった。著名人平均死亡年齢には及ばないが、長寿であったのは勿論である。

晩年の業平の生活はどうであったろうか。母の死後は、市中の邸宅と富を引き継ぎ優雅な生活を送られたであろう。十六段に紀有常の妻が尼になる際、有常には贈るものがなく、代わりに友だちが同情して夜具を贈るという話がある。この友だちとは業平を暗に示している。有常の女を、業平は妻にしているから、業平から見れば義理の父に当たる。いかに有常が時世に合わず落ちぶれたとしても、各地の権守を歴任しているから経済的に困るはずはない。ではなぜこのような虚構が生まれたのか。それは業平にはあくせくしなくてもよい別格の富があったためであろう。四十一段の姉妹の物語も同様な趣旨ではなかろうか。

晩年の藤原氏との関係はどうであったろうか。当時の第一人者右大臣基経の四十賀に招かれ歌まで詠んでいるのだから悪いはずはない。又、左大臣の源融とも気が合ったらしい。融は趣味の人でその富に任せて、賀茂川のほとり、六条あたりに豪邸を建て、庭を陸奥（むつ）の国の風景に似せて作り、海水まで運ばせて魚や貝まで住まわせていたと言う。そこへ親王たちを招いて宴を張り、そこに控えていた「乞食の老人」（業平と思われる）が、このお邸を褒める歌を詠む。

（八十一段）

　しほがまにいつかきにけむ　あさなぎに

つりするふねはこゝによらなん

（訳）
塩釜にいつの間にきてしまったのだろう。　朝なぎに釣りする舟はここに寄ってほしいものだ。

業平は融が「塩釜に来たようだ」と言われるのが一番うれしいのを知って詠んでいるのである。東下りは実は融の趣味で、自分では行けないから、業平と思われる男に巡回させたかも知れない。　融も江戸の俳人芭蕉に似て風狂の人であった。元慶二年正月、藤原基経と融が対立し、それを収めるための綸旨を伝える勅使として融宅を訪問している。（三代実録）これなどは両方ともに親しい業平が適任として選ばれたのであろう。

（6）　業平の死因

最晩年、五十五歳の時、業平は蔵人頭に抜擢されている。この職は帝の側近として仕える一種の出世コースである。　前例などから見て、一年ほど無事勤めれば参議へ出世できよう。今上は陽成帝で、母は二条の后（高子）であるから、高子の強い意向があったかとされるが、蔵人頭は要職だから、藤原基経ら藤原氏の信頼がなければ任ぜられることはない。

「職事補任」の一部を抜粋する。

陽成院

208

蔵人頭

（一名省略）

左近中将従四位上　在原業平同三年十月補。
　　　　　　　　　　　　　　　　　　　ママ
　　　　　　　　　　　　同四年五月月八日卒。
　　　　　　　　　　　　　　　　　ママ

権左中弁従四位下　　藤原春景元慶四年二月補。

　　　　　　　　　　五年九月九日依不仕解。

（三名省略）

（「新校羣書類従二巻　巻第四十六」による。漢字を新字体に改めた。又、異本の注記は省略した。）

この「職事補任」によれば、業平の任官が元慶三年（八七九年）十月であり、次の藤原春景の任官が同四年（八八〇年）二月である。

業平が蔵人頭であった期間は四ケ月弱に過ぎない。業平は当時五十五歳であり、激務からくる疲労や、冬期の寒さから風邪などをこじらせたか。解任されたとの記事はないから、寝込んでしまい出仕できないため辞任したのではなかろうか。

今まで業平の死因は不明とされてきたが、これら蔵人頭の辞任の理由を探ることで解明できると私は思うのである。

『彰考館文庫文伊勢物語抄』（片桐洋一著「伊勢物語の研究〔資料篇〕」による）には、次のような記述がある。

百二十五

昔、男、わづらひて心地しぬべくおぼえければ、元慶四年正月上旬、其頃より御風のけお
はしけるが、日々におもり給て、よはくみえ給ければ、むかしわすれずおぼしければ、人
ぎゝをもはゞかり給はず。いまはかぎりのわかれなればとて、二条のきさきも、染殿の后
も、しのびて、みな御とぶらひにおはしましけり。五条の后したがふこは貞観十三年にう
せ給にしかばおはしまさず。大納言安世の御女、大納言のつぼねぞ看病はしたまひける。（以
下、「大和物語云」以降省略）

この「伊勢物語抄」によれば、業平は元慶四年正月上旬より「風のけ」があり、しだいに重
くなり弱っていったとあり、先の「職事補任」の記事とよく符合する。
業平は前年十月に蔵人頭に任官するが、翌年正月上旬、風邪をひき、しだいに悪化して出仕
かなわず、同月中に辞任したのであろう。なお、「風」には、風邪・感冒の他に、癇（腹など
に激痛をもたらす慢性の病気、さしこみ）、下痢等の症状を指すことがあるが、ここはいわゆ
る風邪をこじらせたでよかろう。

先に述べた「王朝貴族の病状診断」の中で、服部氏は、平安時代の文学・古記録等の調査に
より「風病」には、一、現今の感冒と思われる病気、二、明らかに中枢神経系に属する疾患と
思われるもの、三、症状の不明なものの三種に分けている。死亡するその日に文を出し、辞世
の歌を詠んでいるから二を除けば、氏の分類によれば一か三になろう。
この業平の場合、高齢のこともあり、風邪をこじらせ、肺炎を引き起こしそのまま寝込んで
しまい死に至ったと断定してよいと思う。業平の死亡診断書は「感冒性肺炎」となろう。

できると私には思われるのである。

又、「伊勢物語抄」には、かつての恋人、二条の后もお忍びで病気見舞に訪れたとあるが、これも全く架空の話ではなく、蔵人頭職にある人物なので当然、見舞の文ぐらいは届けたろうし、内々に見舞に訪れた可能性は否定できない。これら「伊勢物語抄」の業平の病状等は信頼

（7）　老いと笑い

まず、四十段を検討しよう。

（四十段）

昔、わかきおとこ、けしうはあらぬ女を思ひけり。さかしらするおやありて、思ひもぞつくとて、この女をほかへをひやらむとす。さこそいへ、まだをひやらず。人のこなれば、まだ心いきおひなかりければ、とゞむるいきおひなし。女も、いやしければ、すまふちからなし。さるあひだに、おもひはいやまさりにまさる。にはかに、おや、この女をゝひう

つ。おとこ、ちのなみだをながせども、とゞむるよしなし。ゐていでゝいぬ。おとこ、なくくよめる、

　　いでゝいなば　誰か別れのかたからん
　　ありしにまさるけふはかなしも

とよみて、たえいりにけり。

おや、あはてにけり。「猶思ひてこそいひしか。いとかくしもあらじ」とおもふに、しん
じちにたえいりにければ、まどひて、願たてけり。けふのいりあひ許にたえいりて、又の
日のいぬの時ばかりになんからうしていきいでたりける。

むかしのわか人は、さるすける物思ひをなんしける。いまのおきな、まさにしなむや。

この段は、親が息子の恋する使用人の女を追い出す。身分違いの二人が結ばれるのを嫌った
ためである。若者は血の涙を流して悲しんだがどうしようもなかった。若者は泣く〳〵歌を詠
み、そのまま気を失ってしまう。親はあわてふためいて願たてなどをする。男は日没時に息が
絶え、翌日午後八時頃息をふき返した。昔の若者はそんな真剣な恋愛をしたのである。今の老
人はできようか。

この段で、問題とされ、諸説あるのは最終文「今の翁まさにしなんや」である。この「今の翁」
は結びの文としては適当ではなく、普通なら「今の若人」とする所であろう。ただ、こうする
と常識的すぎておもしろ味に欠けるきらいがある。これを語りの場としよう。語り手は当然翁
(高齢者)であろう。このような場で、聞き手が若者ならば、「今の老人はできません」では成
立しない。元々、若者は老人にそんなことは期待しないからである。とすれば、このことばの
対象は老人(高齢者)と見ていいだろう。本来は「今の若人」とすべき所を、目の前の翁たち
を見て「今の翁」と言い換えた語り手のユーモアと解せよう。このように見ていくと、この
段は若者の恋愛の話だが、老人が老人に向かって語っていると思われるのである。ここは老人
向けの話なのである。このように伊勢物語の中には老人を対象にした章段がいくつか認められ

る。

続いて五十九段を検討する。ここにも息をふきかえした男が登場する。

（五十九段）

　むかし、おとこ、京をいかゞ思ひけん、ひむがし山にすまんと思ひいりて、

　　すみわびぬ　今はかぎりと山ざとに

　　身をかくすべきやどもとめてん

　かくて、物いたくやみて、しにいりたりければ、おもてに水をそゝきなどして、いきいでゝ、

　　わがうへに露ぞをくなる　あまの河

　　とわたるふねのかいのしづくか

　となむいひて、いきいでたりける。

この章段の「わがうへに…」の歌について、織田正吉氏（『日本のユーモア2』）で次のように述べている。

　『古今集』では「わが上に」が「わが衣の上に」の意味だが、『伊勢物語』では付加えられたフィクションによって、「わが顔の上に」に注がれた水になる。瀕死の重病人が顔に水をかけられて蘇生し、「天の川門を渡る舟の櫂のしずくが垂れてきたのか」とうわごとのようにつぶやくのにも笑いを誘われるが、『古今集』よみ人しらずの歌の意味の思いがけない変化に、もとの歌を知る当時の読者は笑いを誘われたに違いない。

　以上、引用させていただいたが、織田氏のいう通りであろう。（なお、早くは藤岡作太郎氏「国

文学全史、平安朝篇（一）に於いて、同趣旨の記述がある。）伊勢物語にはいろいろな所に笑いの要素が隠されている。これは物語には「笑い」が必要不可決なものなのであろう。ここは織田氏の解説で十分だが、私なりに蛇足を付け加えたい。

「わがうへに…」の歌は「題しらず　よみ人しらず」として、「巻第十七　雑歌上」の巻頭にある。その前は、「巻第十六　哀傷歌」の巻末「在原滋春」の辞世の歌である。（もう一つ先は、業平の歌…これらについては先述した。）すなわち、巻第十六の巻末に「業平親子」の辞世の歌があるのを知り、さらに続く巻十七の巻頭の歌をうまく利用して、業平らの蘇生を試みたと思われるのである。五十九段は「むかし、おとこ、京をいかゞ思ひけん…」といかにも業平の東下りの風の書き出しである。古今集の歌の配置は春の次は夏、夏の次は秋と続く。それなら、人の死でも次は再生がくるはずである。古今集の配列を詳しく知る人のみに分かるユーモアであろうと思われる。伊勢物語はさりげなく笑いの仕掛けが隠されている油断ならない文章なのである。

次に八十八段を検討する。先に四十段は「翁」対象の物語としたが、この章段も「若きにはあらぬ友達の集い」がでてくる。

（八十八段）

　昔、いとわかきにはあらぬ、これかれ、ともだちどもあつまりて、月を見て、それがなかに、ひとり、

　おほかたは月をもめでじ　これぞこの

214

（訳）

つもれば人のおいとなる物

昔、さほど若くない、幾人かの友達が集まり、月を見ていたが、その中の一人が（詠んだ歌）よほどのことない限り月を賞讃するのはやめよう。この月こそ積もれば人の老いとなるものだから。

「おほかたは…」の歌は、「古今集」（巻第十七　雑歌上）に採られており、業平の歌である。この章段はそろそろ老いのことが心配になってくる人々の集いである。当時、若いとは元服から二十数歳ぐらいを言うからずいぶん幅が狭い。女性の初婚年齢なども、現代と比べて非常に若い。

ちなみに、「源氏物語」の光源氏とその妻たちの結婚年齢を挙げると光源氏十二歳—葵君十六歳、光源氏二十一歳—紫上十一〜十三歳、光源氏二十七歳—明石君二十歳ほど、光源氏四十歳—女三の宮十三・十四歳で、この女君の平均結婚年齢（推定も含む）は十五、十六歳となる。特に女君の場合、二十歳を超えると年増に見られたらしい。伊勢物語の業平の恋の相手とされる、高子（後の二条の后、陽成帝の母）の入内時の年齢は二十五歳だから、ずいぶん遅いと見られたであろう。

本文に戻り、「さほど若くない」年齢とはどのくらいを言うのであろうか。大まかに人生を五期に分ければ、

1　一〜十一歳　乳幼児・少年少女期

2　十二〜二十歳　青年期

3　二十一〜三十歳　壮年期

4　三十一〜三十九歳　中年期

5　四十歳〜　老年期

このように分けた場合、若くもなく、老いを意識する年齢となると、3期から4期にかかる頃、三十歳前後とするのが妥当であろう。

次に月と年齢との関連を述べると、「つもれば」とは、年月が重なればの意である。この年月が多く重なれば老いを迎えることになるから、当時、月を眺めるのを忌む習慣があった。竹取物語には、かぐや姫が月を眺めているのを見て、「月の顔見るは、忌むこと」と制している。

この章段の人々は、そろそろ老いが気になってくる年代なのである。若い時は気づかなくても、老いらくの道は身近なところまですぐに来てしまうものなのであろう。

（8）　老いらくの恋

伊勢物語には、さまざまな愛の形が示されているが、第六十三段の老女との愛は究極の色好み業平を描いている。かなり戯画化されているが、作者はこの老女に温かい目を注いでおり、人間のどうにもならない性を肯定的に捉えている物語として評価されるべきであろう。残念ながら、源氏物語の老女源典侍は滑稽の対象でしかない。落窪物語の老人典薬助も然りである。

216

先述したが、源氏物語第二部では、光源氏と女三の宮の結婚がある。光源氏四十歳、女三の宮
十三、十四歳であった。光源氏にとっては初老の結婚であるが、これは希望しない結婚の感が
強く、老いらくの恋とは遠いと思われる。

（六十三段）

むかし、世ごゝろつける女、「いかで心なさけあらむおとこにあひてしかな」とおもへど、
いひでむむもたよりなさに、まことならぬ夢がたりをす。子三人をよびてかたりけり。ふ
たりのこは、なさけなくいらへてやみぬ。さぶらうなりける子なん、「よき御おとこぞい
でこむ」とあはするに、この女、けしきいとよし。「こと人はいとなさけなし。いかでこ
の在五中将にあはせてし哉」と思ふ心あり。かりしありきけるに、いきあひて、みちにて、
むまのくちをとりて、「かう〳〵なむ思ふ」といひければ、あはれがりて、きてねにけり。
さてのち、おとこ、見えざりければ、女、おとこの家にいきて、かいまみけるを、おとこ、
ほのかに見て、

　　もゝとせにひとゝせたらぬつくもがみ

　　我をこふらし　おもかげに見ゆ

とて、いでたつけしきを見て、むばら・からたちにかゝりて、家にきて、うちふせり。お
とこ、かの女のせしやうにしのびてたてりて見れば、女、なげきて、ぬとて、

　　さむしろに衣かたしきこよひもや

　　こひしき人にあはでのみねむ

とよみけるを、おとこ、「あはれ」と思ひて、その夜はねにけり。世の中のれいとして、おもふをばおもひ、おもはぬをばおもはぬ物を、この人は、おもふをもおもはぬをも、けぢめ見せぬ心なんありける。

（訳・一部のみ）

（男の歌）百歳に一歳足りない白髪の老女が私を恋しく思っているらしい。その面影が見えるよ。

（老女の歌）むしろに衣の片袖を敷いて、今夜も恋しい人に逢わないで一人だけで寝るのだろうか。

（最終の一文）世間の例として、好きな人を愛し、好きでもない人は愛さないものだが、この人は好きな人も好きでもない人も、差別しない心を持っていた。

業平が中将に昇任して、「在五中将」と呼ばれるようになったのは、貞観十九年正月十七日のことで、「左近権中将」となった。（『三十六人歌仙伝』による）この時五十三歳であった。

但し、「三代実録」では右近とするから、右近が正しいと思われる。

一方、老女の方はどのくらいの年齢だったのだろうか。「百歳に一歳足りない」から、九十九歳とするのは高齢すぎよう。ここは、漢詩「離合詩」の影響によることば遊びで、単に老女の白髪の「白」を導き出すためのようである。老女は介護者なしで、業平邸まで出かけ、業平が訪問しそうな気配を感じ取ると、いばら、からたちの棘などものともせず、自宅にとって返し、寝たふりをして、男がやってくると歌を詠む。目や勘もよい。足も早く、機転の利い

218

た歌を詠んでいるから頭も良い。

古注『知顕抄』によれば、この老女は零落した小野小町で、元慶元年（貞観十九年を改元）のこととし、小町は六十九歳。業平は先に述べたが五十三歳である。これはよくできた話で、伝説としてはおもしろいが、にわかには信じ難い。老女の年齢は高すぎるが、99と69で、9を揃えたのであろう。

この章段の功績は、老人の性を明るく肯定的に扱ったことであろう。伊勢物語はさまざまな愛を描写しているが、これもその一つ、すぐれた章段として高く評価したい。

最終行の一文に移る前に、万葉集に老女の恋の話があり、これとの関連性を含め検討したい。

「万葉集　巻第二」

石川女郎（いらつめ）、大伴宿禰田主（すくねたぬし）に贈る歌一首

126　みやびをと　我は聞けるを　やど貸さず

我を帰せり　おそのみやびを

（本文は『日本古典文学全集』による。一部省略した部分がある。訳文は筆者による）

（訳）

あなたを風流人だと私は聞いていたのに、宿も貸さず私を帰した。お馬鹿な風流人だこと。

この歌に続いて、長い左注があり、要約して示すと、大伴田主は容姿佳艶、風流秀絶、大変な美男子であった。石川女郎という人がいて、どうしても一緒に暮らしたいと思い、一計を案じて、いやしい老婆に変装し、鍋を自ら持ち、

田主の寝室の近くにまで行く。しわがれ声で足もよろよろと、戸を叩いて作りごとを言った。「東隣の貧しい女が火を借りにきました。」田主は暗くて、相手の気持が理解できず、又、相手を恨む気持もあり、このような歌を贈ったのである。

火を貸し、そのまま女を帰した。翌日、女は自らおしかけて行ったことを恥じ、又、相手を恨む気持もあり、このような歌を贈ったのである。

この歌の返事は

大伴宿禰田主の報へ贈る歌一首

127　みやびをに　我はありけり　やど貸さず

帰しし我そ　みやびをにはある

（訳）

　風流人で私はあったのですよ。宿を貸さずに帰した私こそ風流人なのですよ。

　この「石川女郎」については、万葉集に何回もでてくるが、同一人かは不明である。男の大伴田主は旅人の弟に当たる。この二人の議論はかみ合わないが、注目すべきは女がわざわざ、「賤しい嫗（おみな）」に変装して行ったことである。この行為の根底には「風流士ならば、相手がどんな貧しい老婆でも、その真情を汲み取り、一夜の契りを結ぶべきだ」との考えがあったのである。ところが男はこれに気付くこともなく、事の真相を知ってそう考えないと、変装の意味がない。これには石川女郎は（怒りに震えて）次のような歌を贈る。

同じ石川女郎、更に大伴田主中郎に贈る歌一首

128　我が聞きし　耳によく似る　葦のうれの

足ひく我が背　つとめたぶべし

右は、中郎の足疾により、この歌を贈りて問訊するなり。

（訳）

私が聞いた噂の通り、葦の穂先のようにふらふら足をひきずる私の大切な君よ、お大事に。

右は、田主が足の病気なので、この歌を贈って見舞ったのである。

石川女郎によれば「大伴田主」は「風流士」失格なのである。

この石川女郎に興味深い一首がある。先の三首に続く歌で、この歌の「石川女郎」は同一人と思われる。

大津皇子の侍　石川女郎、大伴宿禰宿奈麻呂に贈る歌一首　女郎、字を山田郎女といふ。

宿奈麻呂宿禰は大納言兼大将軍卿の第三子にあたる

129 古りにし　嫗にしてや　かくばかり

恋に沈まむ　手童のごと　（一に云う、「恋をだに　忍びかねてむ　手童のごと」）

（訳）

年老いた女であっても、これほどまで恋に溺れてしまうものなのでしょうか。まるで幼女のように。（別伝、恋でさえ、辛抱できないものなのでしょうか。まるで幼女のように）

『萬葉集全注巻第二』によれば、石川女郎はすでに四十歳近くに達していて、相手の宿奈麻呂は二十歳台の青年だったとする。とすれば、石川女郎は老婆の恋のさきがけとなろう。

以上、万葉集における老女の恋を見てきた。さて、前者（実は変装）は成就しなかったが、

221

伊勢物語はこの話を受けているように思う。大伴田主には恋愛の対象には、一定の基準がある。

ところが業平には、これがないように思える。六十三段の最終文、「この人は、思ふをも思はぬをも、けぢめ見せぬ心なんありける」は、石川女郎のいう「風流士（みやびを）」の体現なのである。た

だし、「けぢめ見せぬ」とは言っても、文中

1、「かうくなむ思ふ」といひければ、あはれがりて

2、とよみけるを、おとこ、「あはれ」と思ひて

このように一定の歯止めはある。これがなければ単なる色情狂になってしまうのであろう。

この境界の見極めは難しい。それは社会や時代の寛容さに左右されるからである。

なお、田主と石川女郎の話は、中国文芸「遊仙窟」等の影響を指摘されており、「風流士（みやびを）」

もそれらから得たもので、当時の新しい価値観であったと思われる。田主の年齢については、

稲田耕二氏『萬葉集全注巻第二』で、

田主の生没年は明らかでないが、兄の旅人が持統十年（六九六）に三十二歳だから、持統

朝末年に三十歳に足らぬくらいかと推定される。

と述べ、田主の名が史書に見えないのは、三十歳に至らず、五位以下で夭死したかと想像され

るとしている。

業平が中将になったのは、八七七年だから約百八十年以前のことであった。

（9）　老いの物語

主人公が「翁」と呼ばれた最初の章段は七十六段である。それ以降、翁の登場する章段をまとめて見ていこう。

○七十六段「近衛府にさぶらひける翁」

二条の后が「春宮の御息所」と呼ばれるのは、貞明親王の立太子（貞観十一年二月）から帝になるまで（同十八年十一月）のことで、二条の后（高子）は、二十八～三十五歳となる。業平は十七歳年長と考えられるから、年齢は四十五～五十二歳となり、十分「翁」と呼ばれるに相応しい老人である。

○七十七段「右の馬の頭なりける翁」

文徳帝の女御、多賀幾子の四十九日の法要は貞観元年正月のことと推定される。この時業平は三十五歳であり、右馬頭となるのは貞観七年四十一歳のことである。又、藤原常行が右大将になるのは同八年のことであるから、何か作者の思い違いがあったかと思われる。

○七十八段「右の馬の頭なりける人」

常行が法要帰りに、山科の禅師親王宅を訪れ、右馬頭が歌を詠む。

○七十九段「御祖父がたなりける翁」

行平の女、文子は貞観十七年正月に、貞数親王を生む。業平は五十一歳であった。なお、文末の「時の人、中将の子となむ言ひける」とあるが、業平が中将になったのは五十三歳で合わ

ない。しかし、これは噂話で数年後のものとすれば矛盾はなかろう。

○八十一段「かたゐ翁、だいしきのしたにはひありきて」

源融が左大臣になったのは、貞観十四年のことだから、業平四十八歳のことになる。「かたゐ翁」(乞食の老人の意)については、左大臣邸に親王たちを招いての宴だから、それに比べれば業平の身分は低い。しかし乞食とは落としすぎであろう。同じように、卑下したと思われることばに「いやし」がある。八十四段「身はいやしながら、母なむ宮なりける」とあり、この頃、業平は従五位下に長く停滞しており、母の内親王に比べて卑しいと言えるだろう。

『全評釈』は乞食について、沢潟久孝氏『万葉集注釈』の説を紹介して「寿詞を唱えて人の戸口に立ち食を乞う者の意である。」としている。

この翁は「陸奥の国に行きたりけるに」とあり、乞食には同時に各地を巡る漂泊者の意味もある。「東下り」をしたとする翁を、ユーモアを込めて、乞食と見立てたのであろう。

○八十二段「右のむまのかみなりける人」

業平が右馬頭となるのは、先述したように四十一歳である。翁の語はないが、初老の業平と言える。これは惟喬親王のお供をして桜狩りの場面である。

○八十三段「うまのかみなるおきなつかうまつれり」

ここは惟喬親王の出家があり、貞観十四年七月のことだから、業平四十八歳の時である。親王は二十九歳であった。惟喬親王は文徳帝の第一皇子に生まれながら、母が紀氏出身のため、時に合わず、その聡明さを父帝は愛したと言うが帝への道はかなわなかった。業平は紀有常の

女を妻としていた。親王の母、紀静子は有常の妹だから、業平の妻と親王とはいとこに当たる。

○八十四段「老いぬれば」の歌

この章段の歌は、「古今集」（巻第十七　雑歌上）に同じような詞書を併って、内親王の歌、その返しとして業平の歌が採られている。長岡隠棲していた母が亡くなるのは、貞観三年九月、業平三十七歳の時である。これはそれ以前のことである。この老母との歌の贈答は感動的である。母子の情愛を扱ったこの章段や八十二・八十三段と続く惟喬親王にお仕えする業平の真情を表わしたこれら一連の物語は傑出しており、伊勢物語の人気を下支えしているのである。

○八十五段「小野に出家した親王を訪ねる」

この章段には、「翁」等の語はないが、八十二段、八十三段に続くものである。

○八十七段「衛うのすけどもあつまりきにけり」

業平が左衛門権佐となるのは貞観五年二月のことで三十九歳であった。これ以後の話であろう。

○九十七段「四十の賀……中将なりける翁」

堀河の大臣とは、当時第一の実力者であった右大臣藤原基経のことである。基経の四十賀は貞観十七年（業平五十一歳）のことで、桜の咲く春のことであったろう。本文「中将なりける翁」は、誤りで中将になるのはこの二年後のことである。

なお、この歌は「古今集」（巻第七　賀歌）業平の歌として採られていて、同じような詞書があるが、

ほりかはのおほいまうちきみの四十賀、九条の家にてしける時に、よめる

とあり、「中将云々」はない。

○九十九段（中将なりける男）

この二つの歌も「古今集」（巻十一　恋哥一）に業平の歌と、返し、よみ人しらずとして採られている。これも同じような詞書があるが、九十七段と同様「中将云々」はない。

○百一段（左兵衛督なりける在原のゆきひら）

この章段は、各登場人物の年代にずれがあり虚構とする『全評釈』の考証がある。

行平の左兵衛督は貞観六年三月より同十四年八月まで。貞観十四年九月太政大臣良房没。

良近は貞観十六年左中弁、翌年九月没。

確かに矛盾があるが、良房生前の貞観十四年のこととすれば、行年五十五歳、業平四十八歳のことになる。

○百七段（あてなる男）

「昔、高貴な男がいた。」という書き出しは珍しい。このあてなる男は、業平と思われる。業平のところに仕えていた女に、内記であった藤原敏行が言い寄る。ところが、女は若くてことばの使い方や歌などを知らない。そこで、業平と思われる男が代筆をする。すっかりだまされた敏行はますます女に引かれるというユーモラスな章段である。内記は文官で、漢詩文の得意な学者の担当職で、敏行が貞観八年から同十二年までである。年齢は明らかではない。業平はこの時四十二〜四十六歳である。業平の妻と敏行とはいとこに当たる。敏行の母は、紀有常、

226

静子とは兄弟であった。

この章段は、業平を高貴な男ともち上げ、その代筆にだまされて、感心しきりの敏行が描かれる。この敏行は歌もうまく、書は特にすぐれていたという。このような敏行が代筆をめでるほど業平の評価も上がる仕掛けがある。

この章段の三つの歌は古今集に採られており、これを順に挙げると、

1

（巻第十三恋歌三）

なりひらの朝臣の家に侍りける女のもとによみてつかはしける　としゆきの朝臣

「つれづれの…」の歌。但し、第四句は「袖のみぬれて」とする本有り。

617
（同）

2

かの女にかはりて返しによめる

なりひらの朝臣

618
（巻第十四　恋歌四）

「あさみこそ…」の歌。

3

藤原敏行朝臣の、なりひらの朝臣の家なりける女をあひしりて、ふみつかはせりけることに、「いま、ゝうでく。あめのふりけるをなむ見わづらひ侍る。」といへりけるをきゝて、かの女にかはりてよめりける

705
「かずくゝに」の歌。

在原業平朝臣

この古今集の3首だけでも、十分おもしろいが、残念なのは、古今集の「恋の歌の配列法」に従って、1・2と、3とが分離されてしまったことだろう。これを元に戻し、さらに敏行のややオーバーな反応を加えた所がこの章段の見どころである。

（10）若人と老人

伊勢物語は、業平の一代記風にまとめられ、その元服から死に至るまで描かれている。中にはとても業平とは思えない人物、たとえそれが虚構の姿であったとしても、そのような人物も描かれ、歌にしても別人の作とされるものも混入している。なかでも、業平以外と明確に判明していて、しかも業平が他界して七年目のできごとを扱った百十四段はよく知られている。この章段は光孝帝の芹川行幸時、主人公は業平の兄、行平の話である。行平は他の章段で業平と行動を共にしていたり、行平主催の宴に、業平も顔を出す等の話はある。しかし、この章段は行平のみのエピソードであり、業平は勿論登場しない。なぜこのような話が混入したのか、古くから問題にされたようで、勘物に「或本不可有之云〻、多本皆載之、不可止。」とある。

これから、この章段の存在の意味を検討していく。

（百十四段）

むかし、仁和のみかど、せり河に行幸したまひける時、いまはさること、にげなく思ひけれど、もとづきにける事なれば、おほたかのたかゝひにさぶらはせたまひける、すりかり

ぎぬのたもとに、かきつけゝる、

おきなさび人なとがめそ　かり衣

けふばかりとぞたづもなくなる

おほやけの御けしきあしかりけり。をのがよはひを思ひけれど、わかゝらぬ人は、きゝお

ひけりとや。

（本文は『全評釈』による。但し、文中の歌の四句、「けふはかり」を「けふばかり」に筆

者の判断で改めた。）

（訳）

昔、光孝帝が芹川に行幸なさった時、（男は）今はそのような（役割は）似つわしくない

と思ったが、（古式に）基づいた行事なので、（帝は）大鷹の鷹飼として奉仕おさせになる。

（男はその時着ていた）摺狩衣のたもとに、次のような歌を書き付けた、

私を年老いているととがめないで下さい。このような華美な狩衣を身に着けるのは、今

日ばかりだと鶴も鳴いているようです。

（これをご覧になって）帝の御機嫌は悪くなられた。（この歌は男が）自分の年齢のことを

思って詠んだのだが、若くはない人は自分の身の上のことと聞いたのだとか。

この光孝帝の芹川行幸は仁和二年（八八六年）十二月十四日に行われた。嵯峨帝の行幸以後、

途絶えていたものを復活させ、大々的に行われたらしい。『三代実録』によれば、この日は勅

により「参議已上着二摺布衫行縢(さんむかばき)一。」とあり、行平は参議以上だから、この服装を許可されて

229

いる。摺布衫は摺狩衣のこと。　狩袴（指貫）の上に行縢を着ける等、その他鷹飼の服装は華美なものであったようだ。

行平はこの時、六十九歳で十分高齢と呼べる年齢であった。光孝帝は五十七歳で、翌年八月崩御。帝にとっても、最初で最後の芹川行幸になったわけである。

この歌については、各説あり解釈も一様でない。特に第四句を、『全評釈』は「けふはかり」とし、これらの部分を次のように訳している。

（……これは私にとっての今日限りの装束ですが）今日は「狩」で特別だからと、そら、あんなに鶴も「カリ」と鳴いていますよ。

このように訳し、「今日ばかり」とする通説では、不吉で適切でないとする。例えば、阿部俊子氏『全訳注』はここを次のように解釈している。

私が狩衣をはなやかに着飾って狩のお供をするのは、今日かぎりで鷹にとりころされるとないているときこえる狩場の鶴と同じように、今日が最後と思われますから。

これに対して、『全評釈』は、

このように盛大で威儀を整えた、古式豊かな晴の大鷹狩の行事に際して、さように不吉で礼を失した歌を詠むなど、常識から考えても、とてもあり得べき事ではない。大鷹狩の獲物に鶴も含まれているからである。この時の行平の歌二首（う右の『全評釈』には同意できかねる。その証拠となるのは、この歌は適切で、印象に残ったものなのであろう。後撰集に採られているからである。後撰集の撰者は、このち一つが問題となっている歌）が、後撰集に採られているからである。

歌を高く評価して採っていると思われる。

このことから、帝が不機嫌になったとするのが虚構であり、帝も高齢でこれが運悪く最後と

なったのを作者が利用して構成した章段であろう。もし、帝がこの歌を嫌ったとする事実があ

れば、撰者は必ず除外したろう。

次はこの後撰集を見てみよう。

仁和のみかど嵯峨の御時の例にて芹河に

　　　行幸したまひける日　　　在原行平朝臣

1075 嵯峨の山みゆきたえにし芹河の

　　　千世の古道あとは有けり

おなじ日、鷹飼ひにて、狩衣のたもとに

鶴の形を縫ひて、書きつけたりける

1076 翁さび人なとがめそ狩衣

　　　今日許（ばかり）とぞたづも鳴くなる

行幸の又の日なん致仕の表をたてまつりける

（後撰集巻第十五　雑一）（本文は、「新日本古典文学大系」による）

行平のこの二首は「雑一」の巻頭にあり、第一首は伝統を復活させた祝賀の意が読み取れる。

第二首目は、狩衣のたもとに鶴の刺繍して行幸に臨んで、詠んだ歌である。伊勢物語には、鶴

の刺繍のことはなく、歌を書き付けたことになっている。又、この歌の左注は、「行幸の翌日に行平が辞職願」を出したとあるが、これは正確ではなく、「三代実録」によれば、翌年七十歳になってから、願を出し、三度目に許可される（翌年四月）。それゆえ、この左注は撰者の記述ではなく、伊勢物語からの影響によるとする説もあるが、単に「日」は「月や年」の誤りであろう。特に「日」と「月」は誤写されやすい。

以上、検討してきたように、摺狩衣のたもとに歌を書きつけたとするのは作者の虚構である。

なお、当日のことを記録した「三代実録」によれば、この日の天候は

是日、自レ朝至レ夕、風雪惨烈矣。

大変な悪天候であり、もし墨で書き付けたのなら、にじんでしまって見られたものではなかったろう。後撰集の詞書、鶴のかたちを縫いつけたのは間違いなかろう。そこに歌を加えたのであろう。伊勢物語の作者はこのことを承知の上で虚構に及んだと思われる。単なる行平の失敗談として、教訓めいた話にするだけなら、この狩衣のたもとに歌を書き付ける必要はない。

それではなぜか、私はこの章段と初段との関連性に注目したいのである。初段では、業平と思われる男が、狩衣のすそを切って歌を書きつけて姉妹に贈る。伊勢物語には、歌を紙以外に書き付ける例として、岩、かえでの葉、石の苔をきざむ等の特別な方法があるが、狩衣に書くのはこの二つの章段に限られる。

着物のたもとにこのように書き付けるのは一般的ではない。布には書きづらいし、にじめば読めない。南波浩氏は、「古今著聞集」にも、源雅通が直衣の裾を切って歌を書いたという話

を指摘している。

この『古今著聞集』（鎌倉中期成立）を見ると、（源雅通が）紙のなかりければ、直衣を破り＜や＞て書き侍りける、とあり、たまたま紙がなかったので直衣を破り、それに歌を書いたことが分かる。

伊勢物語に戻るが、初段の「狩衣のすそを切って歌を書きつける」は高い評価を受ける。摺衣の乱れ模様と、男の心の乱れとがうまく合致していたためである。男は一人で春日の里に狩に来たのではない。従者を何人も連れていただろうし、当然のことだが、紙も用意してあったはずだ。

初段はさらに次のように続く。

みちのくの忍ぶもぢずり　たれゆへに

みだれそめにし　我ならなくに

というふたの心ばへなり。むかし人は、かくいちはやきみやびをなんしける。

これは初段の最終部分だが、「みちのくの…」の歌は、古今集にも採られているが、左大臣源融の歌である。但し、融は業平より二歳年長にすぎないから、「みちのくの…」が、業平元服当時、すでに広く知られていたとは考えにくい、という説が有力である。ここは、若き日の業平の歌は、後々になって考えてみると、当時一流の文化人とされた融の歌と同じぐらいすばらしいとしたものである。

これは、男（業平）の歌「春日野の…」が詠まれた時点での評価ではなく、「むかし人は」

233

とあるから、昔を回想して、「業平は若いうちから、融の歌に匹敵する歌を詠んだ」としたの
である。当時の一流の風流人であった融を引き合いに出して、業平の歌のすばらしさを保証し
ている形である。

なお、この部分の「むかし人は、かくいちはやきみやびをなんしける」の結びの部分につい
ては、「昔の人は、このようにすばやい風流な行いをしたものである」と訳せるが、ここで特
に注意しなければならないことがある。それは「むかし人は」と語っている人も、「むかし人」
老人なのである。すなわちこの文は当時の老人の価値観の表明なのである。伊勢物語を「みや
びの文学」などと称する研究者もいる。それも良いだろうが、「みやび」が老人の価値観であ
ることを忘れてはならないと思う。

業平を「みやび男」とするなら、それを保証する融も「みやび男」であろう。融はその地位
と富とを活用して贅を尽くした河原院を営んだ（八十一段）。これは誰にでもできることでは
ない。この河原院は、源氏物語の某院として登場する。融の死から約百年後のことである。こ
こは既に過去の栄光は失われ、もののけの跋扈する場所になっていたのである。「みやび」の
行為は平安中期にはとうの昔にその輝きを失っていたのである。

以上、初段と百十四段の「狩衣に文字を書く」特別な行為について述べたが、作者はこれに
よって両段を結びつけ、若人の業平と老人の行平とを比較、対照したかったと思われるのであ
る。行平は卑母からの生まれながら、阿保親王の長男として、頼られる存在で、業平と同じよ
うに歌もうまかった。この行平も何か問題を起こしたらしく、嘉祥元年正月に任官の記事があっ

てから、四年半の間、昇任のこともなく記録にも姿を見せない。

この点について、今井源衛氏は業平も同時期十三年間も昇任のことがなく放置されているの

は異様であるとして、「古今集」(巻十八　雑下)の行平の次の歌を引き、

田村の御時に事にあたりて、津の国の須磨といふ所にこもり侍りけるに、宮のうちに侍り

ける人につかはしける

わくらばに問ふ人あらば須磨の浦に

もしほ垂れつつわぶとこたへよ

これは行平が、文徳帝の怒りにふれ、京から離れていた可能性が大きいとしている。ただ、

これは他の記録に見えないから、その原因等は不明である。業平の常軌を逸した行動がもとと

なり、行平はそのまきぞえをくったかとする人もある。およそ以上のように今井氏は述べてい

る。

この官位の停滞の原因は、弟の業平の方にあったにしろ、行平は帝の勅勘を受けた経験はあっ

たと見ていいだろう。このことを伊勢物語の作者は利用したと思われる。

それでは、初段と百十四段とを比較検討してみよう。

1、男(業平と思われる男)が、元服後、奈良の京、春日の里に狩に出かける。一方、行平

は、致仕の前年、行幸のお供で芹川の大鷹狩に出かける。

男は元服後で当時十六歳。行平は引退の前年で六十九歳であった。行き先について、奈良の

京は、業平の祖父平城帝ゆかりの地である。芹川は、『古代地名大辞典』によれば、

平安期に見える川の名。山城国葛野郡（かどの）のうち。現在の京都市右京区嵯峨に比定される川。（以下省略）

とある。嵯峨帝時代しばしば行幸があり、芹川は嵯峨帝ゆかりの土地であった。

2、男は狩衣すそを切って、歌を書きつけて贈る。行平は狩衣のたもとに歌を書きつけて狩に臨む。この部分は前述したように後撰集では、鶴の形を縫いつけてとあり、そこに、歌を書きつけたのであろう。

3、男の歌は、心が乱れに乱れておりますの意で、若々しい恋の歌である。行平の歌「老人じみた姿でもとがめないで下さい。鶴でさえ今日限りと鳴いています。」この部分で、老人じみた姿としたのは、行平が年老いていただけではなく、狩衣に歌を書き付けた行為を言っているのではなかろうか。業平と同様、これは行平の「みやび」の行為だったのである。光孝帝が嵯峨帝時代の芹川行幸を復活させたのに合わせて、行平は時代遅れの「みやびの精神」を発揮したのであろう。

この折角の風流も誤解を生むことになった。この原因には、歌そのものの中にあるのは勿論だが、もはやこのような行為（狩衣のたもとに歌を書く）は時代遅れのものとなっていたと考えられる。

4、男の歌の評価は非常に高い。この男の歌について、後の風流人で左大臣源融と同じ趣旨で、男の行為は「いちはやきみやび」として、絶賛されている。行平の歌を見て、帝は不機嫌になった。自分のことを言われていると思ったのである。行平は文徳帝の時代以来、再度、勅

236

勘を受ける可能性があったとする、勿論、作者による虚構ではあるが。

比較は以上であるが、このように百十四段はとりわけ初段を意識して構成されていると思わ

れる。初段は若人の歌、百十四段は老人の歌である。伊勢物語は若人の物語であると同時に、

老人の物語でもあったのである。

あとがき

　学生時代、平安文学研究を志した時、恩師、故高橋和夫先生は著作『源氏物語の主題と構想』を上梓なさった時期で、先生からは「源氏物語」を中心に広く古典について教えを受けた。その後、長きにわたって古典文学研究に取り組んでくることができたのは、先生の励ましのおかげである。

　又、故竹岡正夫先生には、お目にかかったことはないが、『伊勢物語全評釈』や『古今和歌集全評釈』等の著作から多くの示唆を受けた。拙著の「伊勢物語」の本文は、この『全評釈』を使用するなど、多くの引用をさせていただいた。

　拙書では、「伊勢物語」の遊戯性に光を当てて見た。物語の祖と言われる「竹取物語」には、言語遊戯と笑いとが随所に見られる。この伊勢物語にも同様にそれらが存在するのではないか。これらの解明が本書の目的である。

　拙書「一・二」では、「伊勢物語」には折句の歌が十六首あることを指摘した。現在、折句の歌と認められているのは、ただの一首（唐衣…）の歌のみである。これほどの折句がありながら今まで誰も気付かなかったのである。在原業平の作風は自由奔放とされるが、これは折句を組み込むためでもあったと思われる。

　「三」では、物語に使われている一部の「地名」が特別な意味を持って物語に関わっていることを述べた。「九段」の男の東下りは、「古事記」の倭建命の東征をモデルとしていること、「二十三段」の筒井筒の物語については「ゐつつ」が掛詞であること等を再論した。（拙書「伊

238

勢並びに源氏物語の研究」参照）

「四」では、伊勢物語等の掛詞の特徴について述べた。

「五」では、老いと笑いとに焦点を当てて検討した。

これらが、伊勢物語の言語遊戯の一端を明らかにする、ささやかな一石になればと願うものである。

以上、いずれも拙い論考ではあるが、多くの方々の御批判をいただけたなら倖いである。本書の出版に当たり、上毛新聞社事業局出版部の一倉基益氏と和田亮介氏には貴重な助言をいただいた。心よりお礼を申し上げたい。最後に、学恩を受けた先学諸兄のみなさまに衷心よりの感謝を申し上げ、筆を擱く。

（二〇一九年六月十七日）

附記

この増訂版では、「伊勢物語の掛詞について」をはずし、新たに「伊勢物語の成立に関する一試論」を加えた。折句の歌を持ついくつかの章段は成立が遅れたとするものである。拙い小論ではあるが、多くの御批判をいただけたらと思う。又、故片桐洋一先生をはじめ、多大な学恩を受けた先学諸兄のみなさまに衷心よりのお礼を申し上げる。

最後に本書の出版に当たり、上毛新聞社デジタルビジネス局出版部の石倉実奈氏には貴重な助言をいただいた、感謝申し上げたい。

（二〇二二年六月十七日）

荻原　晃之

1945年生まれ。群馬県太田市在住。

主な著作

伊勢並びに源氏物語の研究（1989年刊）

荻原とき江句集　萩の道（共著2009年刊）

伊勢物語　その遊戯性（2019年刊）

伊勢物語　その遊戯性 −増訂版−

2019年9月20日　初版発行
2021年9月20日　増訂版発行

　著　者　荻原晃之

　発　行　上毛新聞社デジタルビジネス局出版部

　　　　　〒371−8666　群馬県前橋市古市町1−50−21
　　　　　TEL 027−254−9966　FAX 027−254−9965

©Teruyuki Ogiwara 2021 Printed in Japan
ISBN978−4−86352−287−9